Né au Liban en 1883, Khalil Gibran a beaucoup voyagé, séjourné en Europe et s'est fixé aux États-Unis où il est mort en 1931. Poète, mais aussi peintre et philosophe, la publication du *Prophète* en 1923 lui assure un succès durable et une reconnaissance qui ne cessera de croître, jusqu'à atteindre aujourd'hui celle d'un auteur universel.

Khalil Gibran

LE SABLE ET L'ÉCUME ET AUTRES POÈMES

Traduit de l'anglais
par Thierry Gillybœuf
et de l'arabe par Élie Dermarkar

Préface de Thierry Gillybœuf

Éditions mille et une nuits

TEXTE INTÉGRAL

ISBN 978-2-7578-1020-0
(ISBN 2-84205-549-7, 1re publication *Le Sable et l'écume*
ISBN 2-84205-504-7, 1re publication *Le Livre des processions*
ISBN 2-84205-693-0, 1re publication *Les Dieux de la terre*
ISBN 2-84205-648-5, 1re publication *Rires et larmes*)

Préface

Thierry Gillybœuf

L'immense succès du *Prophète*, qui ne s'est jamais démenti depuis sa parution en 1923, a paradoxalement contribué à la méconnaissance du cheminement accidenté de son auteur et de la richesse et de la diversité du reste de son œuvre. Or, le parcours de Khalil Gibran s'inscrit à la fois dans la tourmente de son époque et de sa région, et dans le renouveau artistique et philosophique de son temps, incarné par deux figures tutélaires, Nietzsche et Rodin, qui auront profondément influencé l'écrivain libanais. À l'instar d'un de ses contemporains, Rainer Maria Rilke, auquel on peut le rapprocher en bien des points : un engagement intégral dans l'écriture poétique, le déracinement alors que s'effondre le « monde d'hier » décrit par Zweig, et la présence féminine, à la fois maternelle, inspiratrice, amante et protectrice, qui n'a cessé de graviter autour des deux poètes.

Gibran Khalil Gibran est né le 6 janvier 1883 à Bcharré, petite ville d'altitude au nord du Liban, en bordure de la Wadi Qadisha, la Vallée Sacrée. Il est le fils aîné d'un marchand de tissus et collecteur d'impôts, Khalil Gibran (1852-1909), et de la fille d'un prêtre maronite, Kamila Rahmeh (1858-1903), qui avait eu un fils de son premier mari dont elle était veuve. Deux sœurs naîtront de cette union dans les années suivantes, Mariana et Sultana.

Bcharré était une ancienne ville phénicienne, qui deviendra, au septième siècle de notre ère, le centre spirituel des chrétiens maronites fuyant la persécution dont ils étaient victimes. Et jusqu'à récemment, on y parlait l'araméen, langue liturgique des maronites. Mais à l'époque où naît Gibran, le Liban est encore sous le joug ottoman, même si, en 1861, un an après le massacre de vingt-deux mille chrétiens par les Druzes, les autorités maronites avaient obtenu que le Mont-Liban bénéficie d'un statut administratif particulier. En 1864, un protocole international vient confirmer l'autonomie du « Petit Liban » administré par un gouvernement chrétien.

La collusion des autorités religieuses avec le pouvoir féodal de la Sublime Porte n'en persiste pas moins. Et le propre père de Gibran va en faire les frais. En effet, sur la base d'accusations mensongères, il est arrêté et incarcéré pendant trois ans. Sa maison et les biens familiaux sont saisis. Pour le jeune Gibran, cette injustice marque une prise de conscience : celle du dévoiement d'une spiritualité dont toute son enfance a été imprégnée, au profit d'une Église de l'État. C'est sans doute l'opprobre jeté sur la famille entière qui a poussé Kamila à émigrer aux États-Unis avec ses quatre enfants et à s'installer à Boston en juin 1895.

Très vite, le jeune Khalil s'y lie avec Frederick Holland Day, de vingt ans son aîné, éditeur de Wilde, Yeats et Rossetti, et photographe avant-gardiste pour lequel il pose en jeune cheikh. Gibran commence même à illustrer des ouvrages pour le compte des éditions de son ami Day et entame, alors qu'il n'a que quinze ans, une liaison avec une Bostonienne aisée, un peu plus âgée que lui, Josephine Peabody.

Mais c'est d'un mauvais œil que la famille du jeune homme le voit évoluer dans les « milieux artistes », et elle décide de le renvoyer au Liban à l'été 1898, où il s'inscrit au collège de la Sagesse et, en auditeur libre, au Syrian College, l'université américaine de Beyrouth. Il fréquente par ailleurs les mouvements littéraires du monde arabe et, en particulier, le « Docteur » Salim al-Dahir, un sage érudit au contact duquel il enrichit sa compréhension du passé culturel de son pays. Il tombe amoureux d'une de ses nièces, qu'il envisage d'épouser, mais la famille influente de cette dernière s'oppose à cette union. Cet amour malheureux inspirera à Gibran *Les Ailes brisées* (1912), véritable brûlot dénonçant le poids des traditions et la tyrannie du clergé, où la romance le partage à la critique sociale quand il se fait le chantre de l'émancipation de la femme orientale.

Meurtri par cet échec sentimental, Gibran retourne vivre auprès des siens à Boston et, en cet été 1902, quitte, sans le savoir, définitivement le Liban. Il est une nouvelle fois éconduit, à son retour, par Josephine Peabody, qui le renvoie à sa condition d'exilé, et la maladie emporte, dans les années qui suivent, sa sœur Sultana, son demi-frère et sa mère. Dans cette période de deuil et de difficultés matérielles, Gibran ne subsiste que grâce au travail de sa sœur Mariana. Alors qu'il consacre l'essentiel de son temps à la peinture et au dessin, il entreprend à cette époque la rédaction de *Pour que l'univers soit bon*, première mouture de ce qui sera, vingt ans plus tard, *Le Prophète*, qu'il laissera fermenter en lui, comme le lui avait conseillé sa mère sur son lit de mort. Durant toute une décennie, Gibran ne retouchera pas à son manuscrit.

Au cours d'une exposition de ses toiles, au printemps 1904, dans l'atelier de son ami Day, il fait la connaissance de la directrice d'une école privée, de dix ans son aînée, Mary Haskell, qui va devenir son amie intime, sa protectrice et sa bienfaitrice, mais qui refusera elle aussi de l'épouser.

Dans les années qui suivent, il publie plusieurs livres en arabe, *La Musique* (1905), *Les Nymphes des vallées* (1906), où apparaît Jean le Fou, premier de ces personnages aux allures christiques qui préfigurent Almustafa, le « Prophète », et *Les Esprits rebelles* (1908), violent réquisitoire contre l'Église et l'État – Gibran avait été excommunié en 1904 par l'Église maronite – qui vaudra au livre d'être brûlé en autodafé sur la place publique, sur ordre des autorités ottomanes.

Gibran s'est aussi lié avec Amin al-Ghrayib, un émigré libanais qui vient de fonder un journal bihebdomadaire, *al-Mouhajir* (« L'Émigrant »), auquel il est aussitôt amené à collaborer. Dès 1908, il y inaugure une rubrique intitulée « Larme et sourire », constituée de petits poèmes en prose, qui sont comme les prémices des textes paraboliques du *Prophète*, regroupés en 1914 dans le recueil *Rires et larmes*. L'ouvrage doit se lire comme la quête d'une félicité universelle, à travers les joies et les peines de la condition humaine, dans la tradition soufie d'un Rûmî enrichie des influences artistiques et philosophiques européennes. En effet, grâce à Mary Haskell, Gibran a entrepris un long séjour de deux ans à Paris, où il étudie à l'Académie des Beaux-Arts et découvre Gide, Rilke, Blake, Renan et Nietzsche, lectures essentielles qui vont imprégner son œuvre à venir.

Mais à Paris, en 1910, il assiste aussi à la première conférence des « indépendantistes » qui défendent la cause du nationalisme et de l'autodétermination, prônent la création de la « Grande Syrie » et prolongent la révolution des Jeunes-Turcs contre le régime ottoman. À son retour aux États-Unis, il se met à collaborer au journal new-yorkais d'expression arabe *Mir'at al-Gharb* (« Miroirs de l'Occident ») et fonde *The Golden Links*, une association littéraire et politique qui regroupe des Syriens émigrés, dont l'un des objectifs avoués est d'aider les pays du Moyen-Orient à s'émanciper du joug ottoman. L'engagement nationaliste de Gibran est, dans un premier temps, d'une virulence qui peut surprendre chez cet auteur, mais c'est qu'il est exaspéré par la servilité des représentants des peuples arabes devant les puissances occidentales, et par la cécité politique de ses compatriotes. Il songe même un moment à proclamer, de concert avec le propre petit-fils de Garibaldi, une révolte de grande envergure en Syrie contre la Sublime Porte. Il faut se souvenir que John F. Kennedy avait paraphrasé l'une des harangues de l'écrivain libanais quand il avait lancé son célèbre : « Ne vous demandez pas ce que les États-Unis peuvent faire pour vous, mais ce que vous pouvez faire, vous, pour les États-Unis ». Pendant plusieurs années, Gibran va multiplier conférences et articles pour mobiliser la communauté syro-libanaise américaine, mais à l'issue de la Première Guerre mondiale, quand Anglais et Français se partagent les dépouilles de l'Empire ottoman vaincu, Gibran s'oppose au Grand Liban qui regrouperait tous les chrétiens de la région en un seul État, quand lui-même rêvait d'un État laïc au Levant. Il se tiendra désormais à ce refus, allant jusqu'à décliner la proposition d'un portefeuille ministériel au Liban que lui fera son ami Ayout Tabit en 1928.

S'il continue de dessiner et d'exposer, Gibran se consacre de plus en plus à l'écriture. En 1919, il publie *Les Processions*, l'un des tout derniers livres qu'il ait écrits en arabe. Beaucoup plus méditatif que les précédents d'une facture plus classique, ce recueil se veut avant tout un hymne à l'unicité de l'existence et à la nature, sur le rythme du *nay*, une flûte traditionnelle, qui n'est pas sans évoquer la manière d'Omar Khayyam.

Gibran rédige désormais la majorité de ses livres directement en anglais : *Le Fou* (1918), *Le Précurseur* (1920), et surtout, jusqu'à l'épuisement physique, *Le Prophète* (1923), qui devient tout de suite un *best-*

seller traduit en plusieurs langues. Un critique y verra la « synthèse de tout ce qu'il y a de meilleur dans la pensée chrétienne et la pensée bouddhiste ».

En 1926, sur la suggestion de Mary Haskell, l'éternelle aimée à laquelle elles étaient initialement destinées, Gibran rassemble 322 maximes, qui composent non pas tant une vérité en autant de commandements, que les fragments d'une pensée à la casuistique toute poétique. Les thèmes abordés sont ceux que l'on retrouve dans toute l'œuvre de Gibran, auxquels une métaphore différente apporte un éclairage nouveau. *Le Sable et l'Écume* est, de fait, un « portrait du cœur de [l']homme », pour reprendre le mot de La Rochefoucauld, où perce l'influence double de Nietzsche et de Blake.

Deux ans plus tard, Gibran donne le livre le plus important à ses yeux – et le plus volumineux de son œuvre –, *Jésus, Fils de l'Homme*. Mais il rédige en parallèle *Les Dieux de la Terre*, qui paraîtra peu de temps avant sa mort. Cette œuvre crépusculaire n'adopte pas la forme allégorique des autres ouvrages de Gibran, mais se présente comme un dialogue platonicien entre trois divinités qui sont autant de tendances magnifiées de l'âme humaine, mais qui peuvent être comprises aussi comme la projection du « moi » de Gibran dans trois étapes de son évolution. Le ton est empreint d'une sagesse mélancolique au seuil de la mort, reconnaissant l'amour comme seul sens de la vie.

Gibran meurt d'épuisement, le 10 avril 1931, à l'hôpital Saint-Vincent de New York. Son corps sera rapatrié au Liban l'année suivante, alors que paraissent ses deux derniers ouvrages posthumes, *L'Errant* et *Le Jardin du Prophète*.

La profession de foi de Khalil Gibran repose sur le cheminement inévitable vers la perfection, celui qui doit permettre de passer du *moi-pygmée* au *moi-divin*.

Et toute son œuvre constitue une variation sur la place de l'homme dans l'Univers, dans sa relation aux forces telluriques et cosmogoniques. Dans la plus pure tradition des grands maîtres arabes augmentée de l'influence nietzschéenne, sous une forme où la poésie le partage à la philosophie, Gibran invite le lecteur à aller de l'homme à l'*humain*.

Le Sable et l'Écume

Je marche éternellement sur ces rivages,
Entre le sable et l'écume.
Le flux de la marée effacera l'empreinte de mes pas, et le vent emportera l'écume.
Mais la mer et le rivage demeureront
Éternellement.

*

Une fois, j'ai rempli ma main de brume.
Quand je l'ai ouverte, la brume était une larve.
J'ai fermé et ouvert ma main à nouveau, et il y avait alors un oiseau.
Et j'ai refermé et rouvert ma main, et dans son creux se trouvait un homme au visage triste, tourné vers le ciel.
Une fois encore j'ai fermé ma main, et quand je l'ai ouverte il n'y avait rien que brume.
Mais j'ai entendu une chanson d'une douceur excessive.

*

Hier encore je pensais n'être qu'un fragment frémissant sans rythme dans la sphère de la vie.

À présent je sais que je suis la sphère, et la vie entière en fragments rythmiques se meut en moi.

*

Ils me disent dans leur éveil : « Toi et le monde dans lequel tu vis n'êtes qu'un grain de sable sur le rivage infini d'une mer infinie. »

Et dans mon rêve je leur réponds : « Je suis la mer infinie, et tous les mondes ne sont que des grains de sable sur mon rivage. »

*

Une seule fois je suis resté muet. Ce fut quand un homme m'a demandé : « Qui es-tu ? »

*

La première pensée de Dieu fut un ange.

Le premier mot de Dieu fut un homme.

*

Nous étions des créatures voletantes, errantes et désirantes des milliers d'années avant que la mer et le vent dans la forêt nous apprennent la parole.

À présent, comment pouvons-nous exprimer ce qui en nous est immémorial avec les seuls bruits de notre passé ?

*

Le Sphinx n'a parlé qu'une seule fois et dit : « Un grain de sable est un désert, et un désert est un grain de sable ; à présent, taisons-nous à nouveau. »

J'ai entendu le Sphinx, mais ne l'ai pas compris.

*

Une fois j'ai vu le visage d'une femme, et j'ai aperçu tous ses enfants qui n'étaient pas encore nés.

Et une femme a regardé mon visage, et elle y a reconnu tous mes ancêtres, morts avant qu'elle ne soit née.

*

À présent je souhaite me réaliser. Mais comment y parviendrais-je, à moins de devenir une planète sur laquelle habitent des vies douées d'intelligence ?

N'est-ce pas là l'objectif de chacun ?

*

Une perle est un temple bâti par la douleur autour d'un grain de sable.

Quelle nostalgie bâtit nos corps et autour de quels grains ?

*

Quand Dieu m'a lancé, comme un galet, dans ce lac merveilleux j'ai troublé sa surface en cercles innombrables.

Mais quand j'ai atteint les profondeurs, je suis devenu très calme.

*

Donnez-moi le silence et j'affronterai la nuit.

*

J'ai connu une seconde naissance, quand mon âme et mon corps se sont aimés et unis.

*

Une fois j'ai connu un homme dont les oreilles étaient excessivement fines, mais il était muet. Il avait perdu sa langue dans un combat.

Je sais maintenant quelles batailles a livré cet homme avant que ne survienne le grand silence. Je suis heureux qu'il soit mort.

Le monde n'est pas assez grand pour nous deux.

*

Longtemps je suis resté couché dans la poussière d'Égypte, silencieux et insensible aux saisons.

Puis le soleil m'a donné naissance, et je me suis levé et j'ai marché sur les berges du Nil,

Chantant le jour et rêvant la nuit.

Et maintenant le soleil me foule de ses mille pieds, me laissant couché à nouveau dans la poussière d'Égypte.

Admirez cette merveille et cette énigme !

Ce même soleil qui m'a rassemblé ne peut m'éparpiller.

Je suis encore debout et, le pied ferme, je longe les berges du Nil.

*

Le souvenir est une forme de rencontre.

*

L'oubli est une forme de liberté.

*

Nous mesurons le temps en nous fiant au mouvement d'innombrables soleils ; et ils mesurent le temps avec de petites machines enfouies dans leurs poches.

Dites-moi à présent comment pourrions-nous jamais nous rencontrer au même endroit et au même moment ?

*

L'espace n'est pas ce qui sépare la terre du soleil pour celui qui regarde en bas par les fenêtres de la Voie lactée.

*

L'humanité est un fleuve de lumière coulant de la création vers l'éternité.

*

Les esprits qui demeurent dans l'éther n'envient-ils pas à l'homme sa douleur ?

*

En chemin vers la Cité sainte j'ai rencontré un autre pèlerin et je lui ai demandé : « Est-ce vraiment la route qui mène à la Cité sainte ? »

Il m'a répondu : « Suis-moi, et tu gagneras la Cité sainte au bout d'un jour et une nuit. »

Et je l'ai suivi. Et nous avons marché plusieurs jours et plusieurs nuits, sans jamais atteindre la Cité sainte.

Et à ma grande surprise, il s'est emporté contre moi parce que je m'étais laissé induire en erreur.

*

Fais de moi, ô Seigneur, la proie du lion, avant de faire du lapin ma proie.

*

On ne peut atteindre l'aube, sinon par le sentier de la nuit.

*

Ma maison me dit : « Ne me quitte pas, car ici demeure ton passé. »

Et la route me dit : « Viens et suis moi, car je suis ton futur. »

Et je réponds à ma maison comme à la route : « Je n'ai ni passé ni futur. Si je reste ici, c'est comme si je partais, bien que je demeure ; et si je vais là-bas, c'est comme si je restais, bien que je parte. Seuls l'amour et la mort changent les choses. »

*

Comment puis-je perdre foi en la justice de la vie, quand les rêves de ceux qui dorment sur du duvet ne sont pas plus beaux que les rêves de ceux qui dorment à même le sol ?

*

Il est étrange que l'envie de certains plaisirs constitue une partie de ma souffrance.

*

Par sept fois j'ai méprisé mon âme :

La première fois quand je l'ai vue se faire humble pour pouvoir s'élever.

La seconde fois quand je l'ai vue claudiquer devant l'estropié.

La troisième fois quand elle a du choisir entre la difficulté et la facilité, et qu'elle a choisi cette dernière.

La quatrième fois quand elle a fait le mal, et qu'elle s'est consolée en pensant que d'autres aussi faisaient le mal.

La cinquième fois quand elle s'est abstenue par faiblesse, et a attribué sa patience à la force.

La sixième fois quand elle a méprisé la laideur d'un visage, et ignorait que c'était l'un de ses propres masques.

Et la septième fois quand elle a entonné une chanson de louange, qu'elle considéra comme une vertu.

*

J'ignore la vérité absolue. Mais je suis humble devant mon ignorance, et là résident mon honneur et ma récompense.

*

Il est un espace entre l'imagination de l'homme et ce qu'il réalise, qui ne peut être franchi que par son ardeur.

*

Le paradis est là, derrière la porte, dans la pièce à côté ; mais j'ai perdu la clef.
Peut-être l'ai-je seulement égarée.

*

Vous êtes aveugle et je suis sourd-muet, touchons-nous les mains et comprenons-nous.

*

La signification de l'homme n'est pas dans ce qu'il atteint, mais plutôt dans ce à quoi il aspire.

*

Certains d'entre nous sont comme l'encre et d'autres comme le papier.
N'était la noirceur des uns, certains d'entre nous seraient muets ;
Et n'était la blancheur des autres, certains d'entre nous seraient aveugles.

*

Prêtez-moi une oreille et je vous donnerai une voix.

*

Notre esprit est une éponge ; notre cœur est un ruisseau.
N'est-il pas étrange que la plupart d'entre nous choisissent d'absorber plutôt que de s'écouler ?

*

Quand vous implorez une grâce que vous ne pouvez nommer, et quand vous vous attristez sans en connaître la raison, alors vous grandissez vraiment avec tout ce qui grandit, et vous vous élevez vers votre moi suprême.

*

Quand on s'enivre d'une vision, on considère que la moindre esquisse en est le véritable vin.

*

Vous buvez un vin qui peut vous griser ; et je bois celui qui peut me dégriser de cet autre vin.

*

Quand ma coupe est vide, je me résigne à ce qu'elle le soit ; mais quand elle est à moitié pleine, j'en suis contrarié.

*

La réalité d'autrui n'est pas dans ce qu'il vous révèle, mais dans ce qu'il ne peut vous révéler.

Partant, si vous voulez le comprendre, n'écoutez pas ce qu'il vous dit mais plutôt ce qu'il ne vous dit pas.

*

La moitié de ce que je dis est dénué de sens ; mais je le dis afin que l'autre moitié vous atteigne.

*

Le sens de l'humour est sens de la mesure.

*

Mon sentiment de solitude est né quand les hommes ont loué mes fautes disertes et blâmé mes vertus silencieuses.

*

Quand la vie ne trouve pas de poète pour chanter son cœur, elle produit un philosophe pour qu'il exprime son esprit.

*

Une vérité doit toujours être connue, elle doit parfois être formulée.

*

Le réel en nous est silencieux ; l'acquis est loquace.

*

La voix de la vie en moi ne peut atteindre l'oreille de la vie en toi ; mais parlons afin de ne pas nous sentir seuls.

*

Quand deux femmes parlent, elles ne disent rien ; quand une femme parle, elle révèle tout de sa vie.

*

Les grenouilles peuvent mugir plus fort que les taureaux, mais elles ne peuvent tirer la charrue dans le champ ni faire tourner la roue de la presse à vin, et avec leur peau nous ne pouvons pas faire de chaussures.

*

Seul le muet envie le bavard.

*

Si l'hiver disait : « Le printemps est en mon cœur », qui le croirait ?

*

Chaque graine est une aspiration.

*

Si vous ouvrez les yeux et que vous regardez vraiment, vous apercevrez votre image dans toutes les images.

Et si vous ouvrez vos oreilles et que vous écoutez, vous entendrez votre propre voix dans toutes les voix.

*

Il nous fallait être deux pour découvrir la vérité : un pour la formuler et un pour la comprendre.

*

Bien que le flot des mots nous submerge sans relâche, les profondeurs de notre être demeurent éternellement silencieuses.

*

Bien des doctrines sont comme une vitre. Nous voyons la vérité à travers, mais elle nous en sépare.

*

À présent, jouons à cache-cache. Si tu te cachais en mon cœur, il ne serait pas difficile de te trouver. Mais si tu te caches dans ta propre coquille, alors il sera inutile de te chercher.

*

Une femme peut voiler son visage d'un sourire.

*

Qu'il est noble le cœur triste qui peut entonner le chant d'allégresse avec des cœurs heureux.

*

Celui qui voudrait comprendre une femme, disséquer le génie ou résoudre le mystère du silence, serait cet homme qui se réveille après un beau rêve pour s'asseoir à la table du petit déjeuner.

*

Je veux marcher avec tous ceux qui marchent. Je ne veux pas rester immobile pour regarder passer la procession.

*

Tu dois davantage que de l'or à celui qui te sert. Donne-lui ton cœur ou sers-le.

*

Non, nous n'avons pas vécu en vain. N'ont-ils pas bâti des tours avec nos ossements ?

*

Ne soyons pas pointilleux et vétilleux. L'esprit du poète et le dard du scorpion s'élèvent, dans la gloire, de la même terre.

*

Chaque dragon donne naissance à un Saint Georges qui le pourfend.

*

Les arbres sont des poèmes que la terre écrit sur le ciel. Nous les faisons tomber et les changeons en papier, afin de pouvoir nous rappeler notre vacuité.

*

Si tu ressens le besoin d'écrire (seuls les saints savent pourquoi), tu dois absolument posséder le savoir, l'art et la magie – le savoir de la musique des mots, l'art d'être naturel et la magie d'aimer tes lecteurs.

*

Ils trempent leurs plumes dans nos cœurs et croient qu'ils sont inspirés.

*

Si un arbre devait écrire son autobiographie, elle ne serait pas dissemblable de l'histoire d'une race.

*

Si je devais choisir entre le pouvoir d'écrire un poème et l'extase d'un poème non écrit, je choisirais l'extase. C'est une poésie meilleure.
Mais tous mes voisins et toi êtes d'accord pour dire que je fais le mauvais choix.

*

La poésie n'est pas une opinion qu'on exprime. C'est une chanson qui s'élève d'une blessure qui saigne ou d'une bouche qui sourit.

*

Les mots sont éternels. On se doit de les prononcer ou de les écrire convaincu de leur éternité.

*

Un poète est un roi détrôné assis parmi les cendres de son palais avec lesquelles il tente de façonner une image.

*

La poésie est faite de joie, de douleur, d'étonnement et d'un soupçon de dictionnaire.

*

C'est en vain qu'un poète cherchera la mère des chansons de son cœur.

*

Une fois j'ai dit à un poète : « Nous ne connaîtrons ta valeur qu'après ta mort. »

Et il m'a répondu en ces termes : « Oui, la mort est toujours le révélateur. Et si vraiment vous deviez connaître ma valeur, c'est qu'il y a davantage de choses en mon cœur que sur ma langue, et davantage dans mon ardeur que dans ma main. »

*

Si vous chantez la beauté, bien que seul au cœur du désert vous aurez un public.

*

La poésie est la sagesse qui enchante le cœur.

La sagesse est la poésie qui chante dans l'esprit.

Si nous pouvions tout à la fois enchanter le cœur de l'homme et chanter dans son esprit,

Alors en vérité il vivrait dans l'ombre de Dieu.

*

L'inspiration chantera toujours ; l'inspiration n'explique jamais.

*

Nous chantons souvent des berceuses à nos enfants, afin de nous-mêmes pouvoir dormir.

*

Tous nos mots ne sont que miettes qui tombent du festin de l'esprit.

*

La pensée est toujours la pierre d'achoppement de la poésie.

*

Le grand chantre est celui qui chante nos silences.

*

Comment pouvez-vous chanter si votre bouche est pleine de nourriture ?

Comment pouvez-vous bénir si votre main est pleine d'or ?

*

On dit que le rossignol se perce la poitrine avec une épine quand il entonne son chant d'amour.

Il en est ainsi de nous. Comment chanterions-nous autrement ?

*

Le génie n'est que le chant d'un rossignol au début d'un long printemps.

*

Même l'esprit le plus ailé ne peut s'évader de la nécessité physique.

*

Un fou n'est pas moins musicien que vous ou moi ; seul l'instrument dont il joue est un peu désaccordé.

*

Le chant qui est silencieux dans le cœur de la mère chante sur les lèvres de son enfant.

*

Aucun désir ne demeure insatisfait.

*

Je n'ai jamais été totalement en accord avec mon autre moi. La vérité semble se trouver entre nous.

*

Votre autre moi a toujours pitié de vous. Mais votre autre moi se nourrit de ce chagrin : tout est bien.

*

Il n'y a pas de lutte entre l'âme et le corps, sauf dans l'esprit de ceux dont l'âme est assoupie et dont le corps est dissonant.

*

Quand vous atteindrez le cœur de la vie, vous trouverez la beauté de toutes choses, même dans les yeux qui sont aveugles à la beauté.

*

Nous ne vivons que pour découvrir la beauté. Tout le reste n'est qu'une forme d'attente.

*

Plantez une graine et la terre vous donnera une fleur. Élevez votre rêve jusqu'au ciel et il vous apportera votre bien-aimée.

*

Le diable est mort le jour même où vous êtes né.
À présent il ne vous faut plus traverser l'enfer pour rencontrer un ange.

*

Plus d'une femme emprunte le cœur d'un homme ; très peu le possèdent.

*

Si vous voulez posséder, vous ne devez pas réclamer.

*

Quand la main d'un homme touche la main d'une femme, elles touchent toutes deux le cœur de l'éternité.

*

L'amour est le voile entre l'amant et l'amante.

*

Chaque homme aime deux femmes ; l'une est la création de son imagination, et l'autre n'est pas encore née.

*

Les hommes qui ne pardonnent pas aux femmes leurs petites fautes n'apprécieront jamais leurs grandes vertus.

*

L'amour qui ne se renouvelle pas chaque jour devient une habitude et se change en esclavage.

*

Les amoureux embrassent ce qui est entre eux plutôt qu'ils ne s'embrassent mutuellement.

*

L'amour et le doute ne se parlent jamais.

*

L'amour est un mot de lumière, écrit par une main de lumière, sur une page de lumière.

*

L'amitié est toujours une douce responsabilité, jamais une opportunité.

*

Si vous ne comprenez pas votre ami en toutes circonstances, vous ne le comprendrez jamais.

*

Votre vêtement le plus éclatant est tissé par autrui ;
Votre repas le plus savoureux est celui que vous mangez à la table d'autrui ;
Votre lit le plus confortable se trouve dans la maison d'autrui.
À présent dites-moi, comment pouvez-vous vous séparer de lui ?

*

Votre esprit et mon cœur ne seront jamais d'accord tant que votre esprit ne cesse de vivre dans les nombres et mon cœur dans la brume.

*

Nous ne nous comprendrons jamais tant que nous n'aurons pas réduit le langage à sept mots.

*

Comment mon cœur pourrait-il être décacheté sans être brisé ?

*

Seule une grande douleur ou une grande joie peut révéler votre vérité.
Si vous voulez être révélé, vous devez soit danser nu au soleil, soit porter votre croix.

*

Si la nature devait prêter attention à ce que nous disons avec satisfaction, aucun fleuve ne coulerait vers la mer, aucun hiver ne se changerait en printemps. Si elle devait prêter attention à ce que nous disons avec parcimonie, combien parmi nous respireraient cet air ?

*

Vous ne voyez que votre ombre quand vous tournez le dos au soleil.

*

Vous êtes libres devant le soleil du jour, et libres devant les étoiles de la nuit ;

Et vous êtes libres quand il n'y a ni soleil, ni lune, ni étoiles.

Vous êtes libres même quand vous fermez les yeux sur tout ce qui est.

Mais vous êtes l'esclave de qui vous aimez parce que vous l'aimez.

Et un esclave de celui qui vous aime parce qu'il vous aime.

*

Nous sommes tous des mendiants à la porte d'un temple, et chacun d'entre nous reçoit sa part de la générosité du roi quand il entre dans le temple et quand il en sort.

Mais nous sommes tous jaloux les uns des autres, ce qui est une autre manière de déprécier le roi.

*

Vous ne pouvez pas manger plus qu'à votre faim. L'autre moitié du pain appartient à autrui, et il doit en rester un peu pour l'hôte de passage.

*

Si elles n'accueillaient pas d'invités, toutes les maisons seraient des tombes.

*

Un loup gracieux dit à un simple mouton : « N'honoreras-tu pas notre maison de ta visite ? »

Et le mouton répondit : « Nous aurions été honorés de visiter ta maison si elle n'était pas dans ton estomac. »

*

J'arrêtai mon hôte sur le seuil et lui dis : « Non, n'essuie pas tes pieds quand tu entres, mais quand tu sors. »

*

La générosité n'est pas donner ce dont j'ai davantage besoin que vous, mais c'est me donner ce dont vous avez plus besoin que moi.

*

Vous êtes vraiment charitable quand vous donnez, et en donnant détournez le visage de sorte que vous ne puissiez voir l'embarras de celui qui reçoit.

*

La différence entre l'homme le plus riche et le plus pauvre n'est jamais qu'un jour de faim et une heure de soif.

*

Nous empruntons souvent à demain pour payer nos dettes à hier.

*

Moi aussi je suis visité par les anges et les démons, mais je m'en débarrasse.

Quand c'est un ange je récite une vieille prière, et il s'ennuie ;

Quand c'est un démon je commets un vieux péché, et il ne fait pas attention à moi.

*

Après tout ce n'est pas une mauvaise prison ; mais je n'aime pas ce mur entre ma cellule et celle du prisonnier d'à côté ;

Pourtant je vous assure que je n'entends rien reprocher au gardien ni au bâtisseur de la prison.

*

Ceux qui vous donnent un serpent quand vous demandez un poisson, peuvent n'avoir rien d'autre à vous donner que des serpents. C'est alors de la générosité de leur part.

*

La fourberie réussit parfois, mais elle mène toujours au suicide.

*

Vous être vraiment indulgent quand vous pardonnez à des meurtriers qui n'ont jamais répandu le sang, à des voleurs qui n'ont jamais volé et à des menteurs qui n'ont jamais menti.

*

Celui qui ne peut mettre le doigt sur ce qui sépare le bien du mal est celui qui peut toucher le véritable ourlet de l'habit de Dieu.

*

Si votre cœur est un volcan, comment pouvez-vous attendre que des fleurs s'épanouissent dans vos mains ?

*

Quelle étrange forme d'apitoiement sur soi ! Il est des fois où l'on me fait du tort et on me trompe, où il m'arrive de rire aux dépens de ceux qui pensent que je ne sais pas que l'on m'a fait du tort et que l'on m'a trompé.

*

Que dirai-je du poursuiveur qui joue le rôle du poursuivi ?

*

Que celui qui essuie ses mains sales sur ton vêtement le prenne. Il peut en avoir besoin à nouveau ; mais toi sûrement pas.

*

Il est bien regrettable que les changeurs de monnaie ne puissent être de bons jardiniers.

*

S'il vous plaît, ne justifiez pas vos défauts innés par vos vertus acquises. Je préfère vos défauts ; ils sont pareils aux miens.

*

Combien de fois me suis-je attribué des crimes que je n'ai jamais commis, de sorte qu'autrui puisse se sentir à l'aise en ma présence.

*

Les masques de la vie eux-mêmes sont les masques d'un mystère plus profond.

*

Vous ne pouvez jugez autrui que selon ce que vous connaissez de lui.

Dites-moi à présent, qui parmi vous est coupable et qui est innocent ?

*

Le vrai juste est celui qui se sent à moitié coupable de vos méfaits.

*

Seuls un idiot et un génie brisent les lois établies par l'homme ; et ils sont le plus près du cœur de Dieu.

*

Ce n'est que quand on est poursuivi qu'on devient rapide.

*

Je n'ai pas d'ennemi, ô mon Dieu, mais si je devais avoir un ennemi

Que sa force soit égale à la mienne.

Afin que seule la vérité puisse triompher.

*

Vous serez presque ami avec votre ennemi quand vous serez tous deux sur le point de mourir.

*

Peut-être qu'un homme peut se suicider par autodéfense.

*

Il y a longtemps vivait un homme qui fut crucifié pour avoir trop aimé et été trop bon.

Et aussi étrange que cela puisse paraître, je l'ai rencontré trois fois hier.

La première fois, Il demandait à un policier de ne pas embarquer une prostituée en prison ; la deuxième fois, Il buvait du vin avec un proscrit ; et la troisième fois, Il se battait aux poings avec un promoteur à l'intérieur d'une église.

*

Si tout ce qu'ils disent du bien et du mal était vrai, alors ma vie ne serait qu'un long crime.

*

La pitié n'est qu'à moitié justice.

*

Le seul qui se soit montré injuste envers moi est celui avec le frère duquel je me suis montré injuste.

*

Quand vous voyez un homme conduit en prison, dites-vous en votre for intérieur : « Peut-être s'est-il échappé d'une prison plus étroite. »
Et quand vous voyez un homme ivre, dites-vous en votre for intérieur : « Peut-être cherche-t-il à échapper à quelque chose d'encore plus laid. »

*

Souventesfois j'ai haï pour me défendre ; mais si j'avais été plus fort, je n'aurais pas usé d'une telle arme.

*

Qu'il est sot celui qui voudrait masquer la haine dans ses yeux par le sourire sur ses lèvres.

*

Seuls ceux en dessous de moi peuvent m'envier ou me haïr.

Je n'ai jamais été envié ou haï ; je ne suis au-dessus de personne.

Seuls ceux au-dessus de moi peuvent me louer ou me rabaisser.

Je n'ai jamais été loué ni rabaissé ; je ne suis en dessous de personne.

*

Quand vous me dites : « Je ne te comprends pas », c'est un éloge dont je suis indigne, et une insulte que vous ne méritez pas.

*

Que je suis mesquin quand la vie me donne de l'or et que je ne te donne que de l'argent, tout en m'estimant généreux.

*

Quand vous atteindrez le cœur de la vie, vous ne vous trouverez ni au-dessus du félon, ni en dessous du prophète.

*

Il est étrange que vous ayez pitié de celui qui marche lentement et non de celui dont l'esprit est lent,

Et de l'aveugle plutôt que de celui dont le cœur est atteint de cécité.

*

Il vaut mieux pour l'infirme qu'il ne brise pas ses béquilles sur la tête de son ennemi.

*

Qu'il est aveugle celui qui vous donne quelque chose sorti de sa poche pour pouvoir vous prendre quelque chose qui vienne de votre cœur.

*

La vie est une procession. Celui qui marche lentement la trouve trop rapide et en sort ;
Et celui qui marche vite la trouve trop lente et en sort lui-aussi.

*

Si le péché existe, d'aucuns parmi nous en commettent en marchant à reculons dans les pas de nos ancêtres ;
Et d'autres en allant de l'avant, en laissant des traces pour nos enfants.

*

Est vraiment bon celui qui ne fait qu'un avec tous ceux qui sont réprouvés.

*

Nous sommes tous des prisonniers, mais certains d'entre nous sont dans des cellules avec fenêtres et d'autres dans des cellules qui en sont dépourvues.

*

Il est étrange que nous défendions nos erreurs plus vigoureusement que nos valeurs.

*

Si nous devions nous confesser nos péchés mutuellement, nous ririons les uns des autres de notre manque d'originalité.

Si nous devions nous révéler nos vertus, nous ririons pour la même raison.

*

On est au-dessus des lois des hommes jusqu'à ce qu'on commette un crime contre les conventions humaines ; après quoi on n'est ni au-dessus ni en dessous de quiconque.

*

Le gouvernement est un accord entre vous et moi. Vous et moi avons souvent tort.

*

Le crime est soit un autre nom du besoin, soit un symptôme de la maladie.

*

Est-il défaut plus grand que d'être conscient du défaut d'autrui ?

*

Si autrui rit de vous, vous pouvez avoir pitié de lui ; mais si vous riez de lui, vous ne pourrez jamais vous le pardonner.

Si autrui vous blesse, vous pouvez oublier la blessure ; mais si vous le blessez, vous vous en rappellerez toujours.

En vérité, autrui est votre moi le plus sensible, auquel on a donné un autre corps.

*

Que vous êtes inconséquent quand vous voulez que les hommes volent avec vos ailes et que vous ne pouvez même pas leur offrir une plume.

*

Une fois un homme s'est assis à ma table, a mangé mon pain, bu mon vin et est reparti en riant de moi.

Et quand il est revenu chercher du pain et du vin, je l'ai éconduit ;

Et les anges ont ri de moi.

*

La haine est une chose morte. Qui d'entre vous voudrait être une tombe ?

*

C'est l'honneur de la victime que de ne pas être l'assassin.

*

La tribune de l'humanité est dans son cœur silencieux, jamais dans son esprit disert.

*

Ils me considèrent comme fou parce que je n'échange pas mes jours contre de l'or ;
Et je les considère comme fous parce qu'ils pensent que mes jours ont un prix.

*

Vous déployez devant nous monts d'or et d'argent, d'ivoire et d'ébène, et nous déployons devant vous nos cœurs et nos esprits ;
Et ils prétendent pourtant être les hôtes et nous les invités.

*

Je préfère être le dernier des hommes avec des rêves et le désir de les réaliser, plutôt que le plus éminent sans rêve ni désir.

*

Le plus pitoyable des hommes est celui qui transforme ses rêves en argent et en or.

*

Nous montons tous vers le sommet du désir de nos cœurs. Si l'autre grimpeur vole votre sac et votre bourse, il n'en sera que plus chargé, et vous devrez avoir pitié de lui ;

L'ascension lui sera plus ardue, et le fardeau rendra sa route plus longue.

Et si, tandis que vous êtes ainsi allégé, vous le voyez, aidez-le à grimper ; cela augmentera votre agilité.

*

Vous ne pouvez juger un homme au-delà de ce que vous savez de lui, et vous en savez infiniment peu.

*

J'aimerais écouter un conquérant prêcher au conquis.

*

Le véritable homme libre est celui qui porte patiemment le fardeau et l'entrave de l'esclave.

*

Il y a mille ans mon voisin m'a dit : « Je hais la vie, car elle n'est que douleur. »

Et hier je suis passé près d'un cimetière et j'ai vu la vie danser sur sa tombe.

*

Toute lutte dans la nature n'est que désordre aspirant à l'ordre.

*

La solitude est un orage silencieux qui brise toutes les branches mortes, mais qui plante nos racines vivantes plus profondément dans le cœur vivant de la terre vivante.

*

Une fois j'ai parlé de la mer à un ruisseau, et le ruisseau a cru que j'étais un affabulateur ;

Et une autre fois j'ai parlé d'un ruisseau à la mer, et la mer a cru que j'étais un diffamateur.

*

Qu'elle est étroite la vision qui exalte l'affairement de la fourmi plutôt que le chant de la sauterelle.

*

La vertu la plus noble ici-bas peut être la plus infime dans l'autre monde.

*

Celui qui sonde la profondeur ou la hauteur y parvient en ligne droite ; seul le spacieux peut évoluer en cercle.

*

N'était notre conception des poids et des mesures, nous éprouverions devant la luciole la même crainte mêlée de respect que pour le soleil.

*

Un scientifique sans imagination est un boucher au couteau émoussé, dont les balances sont périmées.

Mais que voulez-vous, nous ne sommes pas tous végétariens.

*

Quand vous chantez, l'affamé vous entend avec son estomac.

*

La mort n'est pas plus proche du vieillard que du nouveau-né ; pas plus que la vie.

*

Si vous devez être franc, soyez-le avec grâce, sinon restez silencieux, car il est un homme près de vous qui se meurt.

*

Peut-être qu'un enterrement chez les hommes est un repas de noces chez les anges.

*

Une réalité oubliée peut mourir et léguer dans son testament sept mille faits et vérités à dépenser pour ses funérailles et l'érection de sa tombe.

*

En vérité nous ne nous parlons qu'à nous-mêmes, mais parfois nous parlons assez fort pour que d'autres puissent nous entendre.

*

L'évident est ce qui nous échappe tant que quelqu'un ne l'exprime pas tout simplement.

*

Si la Voie lactée n'était pas en moi, comment aurais-je pu la voir ou la connaître ?

*

À moins d'être un physicien parmi d'autres, on ne croirait pas que je suis un astronome.

*

Peut-être que la définition de la mer pour le coquillage est la perle.
Peut-être que la définition du temps pour le charbon est le diamant.

*

La renommée est l'ombre de la passion dressée dans la lumière.

*

Une racine est une fleur qui méprise la renommée.

*

Il n'est religion ni science supérieures à la beauté.

*

Chaque grand homme que j'ai connu se fardait d'un peu de modestie ; et c'était ce petit quelque chose qui empêchait l'oisiveté, la folie ou le suicide.

*

Le véritable grand homme est celui qui ne domine personne et qui n'est dominé par personne.

*

Je ne puis croire que l'homme est médiocre simplement parce qu'il tue les criminels et les prophètes.

*

La tolérance est l'amour malade de sa morgue.

*

Les larves se métamorphoseront ; mais n'est-il pas étrange que les éléphants finissent par céder ?

*

Un désaccord peut être la plus courte blessure entre deux esprits.

*

Je suis la flamme et je suis le buisson sec, et une partie de moi consume l'autre.

*

Nous cherchons tous le sommet de la montagne sainte ; mais notre route ne serait-elle pas plus courte si nous considérions le passé comme une carte et non comme un guide ?

*

La sagesse cesse d'être sagesse quand elle devient trop fière pour pleurer, trop grave pour rire, et trop imbue de soi pour rechercher autre chose que soi.

*

Si je m'étais empli de tout ce que vous savez, quelle place aurais-je pour tout ce que vous ignorez ?

*

J'ai appris le silence du bavard, la tolérance du sectaire et la bonté du méchant ; pourtant, aussi étrange qu'il y paraisse, je n'ai aucune reconnaissance pour ces professeurs.

*

Un bigot est un orateur sourd comme la pierre.

*

Le silence de l'envieux est trop bruyant.

*

Quand vous atteindrez à la fin de ce que vous devez savoir, vous serez au commencement de ce que vous devez ressentir.

*

Une exagération est une vérité qui a perdu sa mesure.

*

Si vous ne pouvez voir que ce que la lumière révèle et entendre que ce que le son annonce,
Alors en vérité vous ne voyez ni n'entendez.

*

Un fait est une vérité asexuée.

*

Vous ne pouvez rire et être méchant en même temps.

*

Les deux êtres les plus près de mon cœur sont un roi sans royaume et un pauvre qui ne sait comment mendier.

*

Un timide échec est plus noble qu'un succès impudique.

*

Creusez n'importe où dans la terre et vous trouverez un trésor, à condition de creuser avec la foi du paysan.

*

Un renard traqué par vingt cavaliers et une meute de vingt chiens dit : « Bien sûr ils me tueront. Mais qu'ils sont misérables et stupides. Il n'y aurait pas besoin de vingt renards chevauchant vingt mulets, accompagnés de vingt loups, pour chasser et tuer un seul homme. »

*

C'est l'esprit en nous qui cède à nos lois, mais jamais l'âme.

*

Je suis un voyageur et un navigateur, et chaque jour je découvre une nouvelle région à l'intérieur de mon âme.

*

Une femme protesta en ces termes : « Bien sûr que cette guerre a été juste. Mon fils y est mort. »

*

Je dis à la Vie : « J'aimerais entendre parler la Mort. »

Et la Vie éleva la voix d'un ton et répondit : « Tu l'entends déjà. »

*

Quand vous avez résolu tous les mystères de la vie vous aspirez à la mort, car elle n'est qu'un autre mystère de la vie.

*

La naissance et la mort sont les plus nobles expressions du courage.

*

Mon ami, toi et moi demeurerons des étrangers à la vie,
L'un à l'autre, et chacun envers soi-même,
Jusqu'au jour où tu parleras et que j'écouterai
En considérant ta voix comme la mienne ;
Et que je me tiendrai devant toi
En pensant me trouver devant un miroir.

*

Ils me disent : « Si tu te connaissais, tu connaîtrais tous les hommes. »

Et je réponds : « Ce n'est que quand j'aurai connu l'humanité entière que je me connaîtrai. »

*

Il y a deux êtres en chaque homme : l'un est éveillé dans l'obscurité, l'autre est endormi dans la lumière.

*

Un ermite est quelqu'un qui renonce au monde des fragments, afin de pouvoir apprécier le monde en sa totalité et sans interruption.

*

Une prairie verdoyante se trouve entre l'érudit et le poète ; si l'érudit la traverse il devient un sage ; si le poète la traverse, il devient un prophète.

*

Hier soir, j'ai vu des philosophes sur la place du marché porter leurs têtes dans des paniers, et crier : « Sagesse ! Sagesse à vendre ! »

Pauvres philosophes ! Ils doivent absolument vendre leurs têtes pour nourrir leurs cœurs.

*

Un philosophe dit à un balayeur des rues : « Comme je te plains ! Ta tâche est difficile et sale. »

Et le balayeur des rues de répondre : « Merci, monsieur. Mais dites-moi quel est votre métier ? »

Le philosophe répondit en ces termes : « J'étudie l'esprit de l'homme, ses actions et ses désirs. »

Alors le balayeur des rues reprit son travail et dit en souriant : « Je vous plains aussi. »

*

Celui qui écoute la vérité ne vaut pas moins que celui qui la formule.

*

Nul homme ne peut tracer la frontière entre la nécessité et la luxure. Seuls les anges en sont capables, car ils sont sages et mélancoliques.

Sans doute les anges sont-ils nos meilleures pensées dans l'absolu.

*

Le véritable prince est celui qui trouve son trône dans le cœur du derviche.

*

La générosité c'est donner davantage qu'on ne le peut, et la fierté prendre moins que ce dont on a besoin.

*

En vérité, vous ne devez rien à quiconque. Vous devez tout à tous.

*

Tous ceux qui ont vécu dans le passé vivent à présent avec nous. Aucun d'entre nous n'aimerait être un hôte inhospitalier.

*

Celui qui désire le plus vit le plus longtemps.

*

On me dit : « Un oiseau sur la main en vaut dix dans l'arbre. »

Mais je leur réponds : « Un oiseau et une plume dans l'arbre valent davantage que dix oiseaux sur la main. »

Cette plume que l'on recherche est la vie aux pieds ailés ; non, c'est la vie elle-même.

*

Il n'y a que deux éléments ici-bas : la beauté et la vérité ; la beauté dans le cœur des amoureux, et la vérité dans les bras de ceux qui labourent la terre.

*

Une grande beauté s'empare de moi, mais une beauté plus grande encore m'en libère.

*

La beauté brille avec davantage d'éclat dans le cœur de celui qui y aspire que dans les yeux de celui qui la voit.

*

J'admire l'homme qui me révèle son âme ; j'honore celui qui me dévoile ses rêves. Mais pourquoi me montré-je timide, et même un peu honteux, devant celui qui me sert ?

*

Ceux qui avaient un talent étaient autrefois fiers de servir les princes.
À présent, ils réclament l'honneur de servir les indigents.

*

Les anges savent que bien des hommes pragmatiques mangent leur pain à la sueur du rêveur.

*

L'esprit est souvent un masque. Si vous pouviez le déchirer, vous trouveriez soit un génie irrité, soit une intelligence illusionniste.

*

Le bienveillant m'attribue la compréhension, et l'ennuyeux, le manque d'intérêt. Je pense qu'ils ont tous deux raison.

*

Seuls ceux qui portent des secrets dans leurs cœurs peuvent deviner ceux qui sont enfouis dans les nôtres.

*

Celui qui voudrait partager vos plaisirs mais pas vos peines perdra la clef d'une des sept portes du Paradis.

*

Oui, il existe un Nirvana. On le trouve quand on mène son troupeau dans un pré verdoyant, quand on met son enfant au lit et quand on écrit le dernier vers de son poème.

*

Nous choisissons nos joies et nos chagrins longtemps avant de les éprouver.

*

La tristesse n'est qu'un mur entre deux jardins.

*

Quand votre joie ou votre chagrin grandit, le monde rapetisse.

*

Le désir est la moitié de la vie ; l'indifférence est la moitié de la mort.

*

Ce qui est le plus amer dans notre chagrin présent, c'est le souvenir de notre joie passée.

*

Ils me disent : « Tu dois absolument choisir entre les plaisirs de ce monde et la paix du monde à venir. »

Et je leur réponds : « J'ai choisi à la fois les délices de ce monde et la paix du prochain. Car je sais en mon for intérieur que le Poète suprême n'a écrit qu'un poème, parfaitement scandé et tout aussi parfaitement rimé. »

*

La foi est une oasis dans le cœur que n'atteindra jamais la caravane de la pensée.

*

Quand vous vous serez dépassé, vous désirerez avec davantage d'ardeur : vous aurez faim d'une faim plus dévorante : et vous aurez soif d'une soif plus grande.

*

Si vous révélez vos secrets au vent, ne lui reprochez pas de les révéler aux arbres.

*

Les fleurs du printemps sont les rêves de l'hiver racontés, au petit matin, à la table des anges.

*

Un sconse dit à une rose : « Vois comme je cours vite, tandis que tu ne peux ni marcher ni même ramper. »
La rose lui répondit : « Oh, coureur rapide et noble, s'il te plaît, va-t'en vite ! »

*

Les tortues peuvent en dire davantage sur les routes que les lièvres.

*

Il est étrange que les créatures sans échine aient les carapaces les plus dures.

*

Le plus bavard est le moins intelligent, et il n'y a guère de différence entre un orateur et un auditeur.

*

Soyez reconnaissant de ne pas avoir à subir le renom d'un père, ni la richesse d'un oncle.

Mais par-dessus tout, soyez reconnaissant de ce que personne n'aura à subir votre renom ni votre richesse.

*

Ce n'est que quand un jongleur ne rattrape pas sa balle qu'il fait appel à moi.

*

L'envieux me loue inconsciemment.

*

Pendant longtemps vous avez été un rêve dans le sommeil de votre mère, et puis elle s'est éveillée pour vous donner naissance.

*

Le germe de la race est dans le désir d'une mère.

*

Mon père et ma mère désiraient un enfant et ils m'ont engendré.

J'ai voulu une mère et un père, et j'ai enfanté la nuit et la mer.

*

Certains de nos enfants sont nos justifications et d'autres ne sont que nos regrets.

*

Quand la nuit tombe et que vous êtes aussi sombre, couchez-vous et demeurez sombre.

Et lorsque le jour se lève et que vous êtes encore sombre, levez-vous et annoncez résolument au jour : « Je suis encore sombre. »

Il est stupide de feindre avec la nuit et le jour.

Ils riraient tous deux de vous.

*

La montagne voilée par la brume n'est pas une colline ; un chêne sous la pluie n'est pas un saule pleureur.

*

Voyez ce paradoxe : la profondeur et la hauteur sont plus près l'un de l'autre que le milieu de chacun des deux.

*

Quand je me tenais tel un miroir limpide devant toi, tu regardais en moi et voyais ton image.

Tu disais alors : « Je t'aime. »

Mais en vérité c'est toi que tu aimais en moi.

*

Quand vous éprouvez du plaisir à aimer votre prochain, cela cesse d'être une vertu.

*

L'amour qui n'exulte pas sans cesse meurt peu à peu.

*

Vous ne pouvez posséder jeunesse et sagesse en même temps ;

Car la jeunesse est trop occupée à vivre pour savoir, et le savoir trop occupé à se rechercher pour vivre.

*

Assis à votre fenêtre, vous regardez les passants. Et vous voyez une religieuse marcher à votre droite, et une prostituée à votre gauche.

Et vous pouvez dire dans votre innocence : « Que l'une est noble et que l'autre est ignoble. »

Mais si vous fermez les yeux et tendez l'oreille un moment, vous entendrez une voix murmurer dans l'éther : « L'une me recherche dans la prière, et l'autre dans la souffrance. Et l'esprit de chacun abrite une charmille pour mon esprit. »

*

Tous les cent ans, Jésus de Nazareth rencontre Jésus le Chrétien dans un jardin sur les collines du Liban. Et ils parlent longuement. Et chaque fois Jésus de Nazareth part en disant à Jésus le Chrétien : « Mon ami, j'ai bien peur que nous ne puissions jamais, jamais être d'accord. »

*

Puisse Dieu enrichir l'opulent !

*

Un grand homme a deux cœurs : l'un saigne et l'autre endure.

*

Si quelqu'un devait commettre un mensonge qui ne blesse personne pas même vous, pourquoi ne pas dire en votre cœur que la maison de ses vérités est trop petite pour ses caprices, et qu'il a dû la quitter pour plus d'espace ?

*

Derrière chaque porte close, il est un mystère scellé par sept sceaux.

*

L'attente est l'entrave du temps.

*

Et si les tourments n'étaient qu'une nouvelle porte dans le mur de votre maison qui donne sur l'est ?

*

Vous pouvez oublier celui avec lequel vous avez ri, mais jamais celui avec lequel vous avez pleuré.

*

Il doit y avoir quelque chose d'étrangement sacré dans le sel, puisqu'il est dans nos larmes et dans la mer.

*

Notre Dieu pour étancher Sa soif bénie nous boira tous, la goutte de rosée comme la larme.

*

Vous êtes un fragment de votre moi suprême, une bouche qui cherche le pain et une main aveugle qui tend une coupe à une bouche assoiffée.

*

Si vous ne vous éleviez que d'un pouce au-dessus des peuples, des nations et de votre propre être, vous deviendrez vraiment semblable à dieu.

*

À votre place, je ne maudirais pas la mer à marée basse.

C'est un bon navire et notre Capitaine est compétent ; ce n'est que votre estomac qui a des haut-le-cœur.

*

Ce à quoi nous aspirons et que nous ne pouvons atteindre nous est plus cher que ce que nous avons déjà atteint.

*

Si vous vous asseyiez sur un nuage, vous ne verriez pas la frontière entre un pays et un autre, ni les bornes entre une ferme et une autre.

Il est bien regrettable que vous ne puissiez vous asseoir sur un nuage.

*

Il y a sept siècles, sept blanches colombes s'envolèrent d'une vallée profonde vers le sommet enneigé de la montagne. Un des sept hommes qui observait leur vol dit : « Je vois une tache noire sur l'aile de la septième colombe. »

Aujourd'hui les gens dans la vallée parlent des sept colombes noires qui volèrent vers le sommet de la montagne enneigée.

*

À l'automne, j'ai rassemblé tous mes chagrins et les ai enterrés dans mon jardin.

Quand avril est revenu et que le printemps est venu célébrer ses noces avec la terre, de belles fleurs différentes des autres ont poussé dans mon jardin.

Mes voisins sont venus les admirer, et ils m'ont tous dit : « Quand l'automne reviendra, au moment de la semaison, nous donneras-tu des graines de ces fleurs afin que nous puissions les planter dans nos jardins ? »

*

Qu'il est triste pour moi de tendre une main vide aux hommes et de ne rien recevoir ; mais qu'il est désespérant de tendre une main pleine et de ne trouver personne pour recevoir.

*

J'aspire à l'éternité parce que j'y rencontrerai les poèmes que je n'ai pas écrits et les tableaux que je n'ai pas peints.

*

L'art est un pas de la nature vers l'Infini.

*

Une œuvre d'art sculpte la brume.

*

Même les mains qui tressent des couronnes d'épines valent davantage que les mains désœuvrées.

*

Nos larmes les plus sacrées ne recherchent jamais nos yeux.

*

Chaque homme est le descendant de tous les rois et de tous les esclaves qui aient jamais vécu.

*

Si l'arrière-grand-père de Jésus avait connu ce qui était caché en lui, n'aurait-il pas éprouvé une crainte mêlée de respect pour lui-même ?

*

L'amour de la mère de Judas pour son fils était-il moindre que celui de Marie pour Jésus ?

*

Il y a trois miracles de notre Frère Jésus qui n'ont pas encore été consignés dans la Bible : le premier est qu'Il était un homme comme vous et moi ; le second est qu'Il avait le sens de l'humour ; et le troisième qu'Il se savait conquérant bien que conquis.

*

Ô Crucifié, tu es crucifié sur mon cœur, et les clous qui percent tes mains percent les parois de mon cœur.

Et demain quand un étranger passera devant le Golgotha, il ne saura pas que tous deux avons saigné ici.

Il pensera que c'est le sang d'un seul homme.

*

Vous pouvez avoir entendu parler de la Montagne sainte.

C'est la montagne la plus élevée de notre monde.

Si vous atteignez son sommet, vous n'aurez qu'un seul désir, descendre et être avec ceux qui habitent dans la vallée la plus encaissée.

C'est la raison pour laquelle on l'appelle Montagne sainte.

*

Chaque pensée que j'ai emprisonnée dans la formulation, je dois la libérer par mes actes.

Le Livre des Processions

Al Mawâkeb

Chant Premier

Pour les hommes,
faire le bien sous la contrainte est contrefaçon,
et le mal d'homme, même enterré,
jamais ne s'éteint.

Menés par les doigts du destin,
la plupart sont instruments
qui un jour,
se brisent.

Et surtout ne dis pas :
« Untel est un savant éminent »,
ne dis pas :
« Voilà un maître vénérable ».

Les meilleurs sont troupeaux
qu'entraîne la voix des bergers,
et celui qui ne marche pas
s'efface.

Dans les forêts
pas de berger,
dans les forêts,
pas de troupeau,

L'hiver avance
que nul printemps n'accompagne.

Les hommes naissent esclaves
de qui refuse de plier genou,

Et que tout le monde suit
dès qu'il se lève pour marcher.

*

Donne-moi le nay[1]*, et chante !*
Le chant garde l'esprit,

Et la plainte du nay *survit*
au glorieux et au misérable.

1. *Nay* : flûte rustique arabe.

Chant 2

Pour qui n'obéit
qu'aux désirs de l'âme,
la vie n'est que sommeil
qu'accompagnent les rêves

Le secret de l'âme,
de tristesse d'âme se voile
et dès que le voile s'éloigne,
le secret se masque avec les plaisirs.

Le secret de la vie se voile de confort,
s'il vient à disparaître,
c'est au voile du malheur
qu'il cède la relève.

Mais si tu te hisses
au-dessus du confort et du malheur,
tu te rapproches de l'ombre
de Celui qui laissa toute pensée perplexe.

Dans les forêts,
point de tristesse,
Dans les forêts,
point de soucis.

Dès que souffle une brise,
nul venin ne l'accompagne.

La tristesse de l'âme n'y est qu'ombre
et que souci qui ne dure,

Dans les replis des brumes de l'âme,
apparaissent les étoiles.

*

Donne-moi le nay *et chante !*
Le chant efface l'épreuve,

Et la plainte du nay *demeure*
bien après la fin des temps.

Chant 3

Peu d'hommes sur terre,
acceptent la vie comme elle vient,
et que l'ennui ne domine pas,

C'est pourquoi ils détournent le fleuve de vie
dans les coupes d'illusion,
que dans leur errance ils vident
jusqu'à l'inconscience,

Dès qu'ils boivent, ils exultent
en otages des passions,
comme nourris d'inconscience
dès la naissance,

Tel mêle à sa débauche la prière,
tel autre, l'enrichissement personnel,
et tel
de rêve, se grise.

La terre,
taverne dont le destin reste maître,
n'agrée plus
qu'à ceux qui s'enivrent.

Alors quand tu vois un frère sobre,
dis-toi : Merveille !
L'astre s'est-il abrité
sous un nuage gorgé de pluie ?

Dans les forêts,
nulle ivresse,
ivresse de vin
ou d'imagination,

Dans ses cours ne ruisselle
que l'élixir des brumes.

L'inconscience est sein moelleux,
et petit lait pour les hommes,

Ce n'est que quand ils vieillissent et meurent,
qu'ils atteignent l'âge du sevrage.

*

Donne-moi le nay *et chante !*
Le chant est le meilleur des breuvages

Et la plainte du nay *demeure*
bien après l'anéantissement des hauteurs.

Chant 4

La religion des hommes
est champ que ne cultivent
que ceux qui ensemencent
dans le désir,

L'aspirant aux délices d'éternité
accueille la Bonne Nouvelle,
tandis que l'insensé
craint le feu qui flamboie,

Car les hommes, sans le châtiment du jugement dernier,
nul dieu n'adoreraient,
et sans la récompense convoitée,
seraient tous renégats,

Comme si la religion
n'était qu'un de leurs commerces,
où gagnent les persévérants
et perdent les négligents.

Dans les forêts
point de religion,
ni de laide impiété.

Quand le rossignol chante,
Il ne dit pas : « Voici la vérité. »

La religion des hommes s'en vient
et s'en va comme une ombre.

Nulle religion ne s'est fixée sur terre
après Taha[1] *et le Messie.*

*

Donne-moi le nay *et chante !*
Le chant est la meilleure des prières

La plainte du nay *demeure*
après l'anéantissement de la vie.

1. Taha : autre nom du prophète Mohammad.

Chant 5

Si les djinns savaient,
la justice sur terre les ferait pleurer,
et rire les morts
s'ils la voyaient.

Ainsi, pour les petits agresseurs,
prison et mort,
et pour les grands,
gloire, magnificence et enrichissement,

Le voleur de fleurs
est vilipendé et méprisé,
le voleur de terres
est tenu pour intrépide et puissant.

Qui tue le corps
est tué,
qui tue l'esprit,
la justice humaine l'ignore.

Dans les forêts,
point de justice,
pas de châtiment
non plus.

Et quand le saule projette son ombre sur la terre,
le cyprès ne dit pas :
« C'est une hérésie contre le Livre. »

La justice des hommes est neige
qui fond aussitôt, sous le regard du soleil.

*

Donne-moi le nay *et chante !*
Le chant est justice pour les cœurs,

Et la plainte du nay *demeure*
après l'extinction des fautes.

Chant 6

Le droit appartient à la volonté,
et les esprits forts règnent,
qu'ils viennent à s'affaiblir,
heurts et malheurs s'installent.

La tanière des lions
a l'odeur dont les renards
jamais ne s'approchent,
que les lions y soient ou pas.

Chez les étourneaux il y a la lâcheté,
même dans la plénitude de leurs vols,
Et les faucons restent fiers,
même à l'agonie.

Que les hommes l'acceptent ou le nient,
la force de l'esprit est vérité
que la force du bras ne peut nier,

Et si tu vois un jour un faible régner,
ce sera sur ceux-là,
qui, confrontés à leurs semblables,
les fuient.

Dans les forêts
point de volontaires,
ni de faibles
non plus,

Et quand les lions rugissent,
les forêts ne disent pas : « Voici l'épouvantable ! »

La volonté des hommes est ombre
qui plane dans l'espace de la pensée,

Et les droits des hommes se fanent
comme feuilles d'automne.

*

Donne-moi le nay *et chante !*
Le chant est force d'âme

Et la plainte du nay *demeure*
après l'extinction des soleils.

Chant 7

Le savoir d'homme est chemin
dont seul le départ est clair,
quant aux termes
ils se nomment Destin et fatalité.

Le meilleur du savoir
est dans le rêve
que tu arrives à saisir et emporter,
à travers l'ironie des enfants du sommeil.

Si tu le vois,
ce frère du rêve,
isolé de son peuple,
rejeté, méprisé,

c'est Lui le Prophète
que le manteau de demain voile,
aux yeux d'un peuple
qui se drape encore des vêtements du passé.

C'est encore Lui
l'Étranger au monde et à ceux qui l'habitent,
le Messager
que les hommes blâment ou excusent,

C'est le Rigoureux,
même s'il paraît doux.
C'est le Lointain,
qu'on l'approche ou qu'on l'abandonne.

Dans les forêts,
point de science,
pas d'obscurantisme
non plus.

Et quand les branches s'inclinent,
elles ne disent pas : « Voici le Sublime. »

L'entier savoir des hommes
est comme brouillard sur les champs,

Que le soleil se lève à l'horizon,
il disparaît.

*

Donne-moi le nay *et chante !*
Le chant est le meilleur des savoirs

Et la plainte du nay *demeure*
après l'extinction des étoiles.

Chant 8

L'homme né libre,
de ses penchants se construit une prison,
sans s'en rendre compte,
il en devient prisonnier.

Et même libéré
des liens de ses origines,
il demeure esclave
de l'aimé qui habite ses pensées.

C'est un gagneur,
mais dans son intransigeance,
même en champion du droit,
il agit parfois au mépris du droit.

C'est un esprit prompt,
mais dans sa précipitation,
même sur les sommets glorieux,
subsiste en lui une certaine petitesse.

Dans les forêts,
point d'hommes libres
ni d'esclave abhorré.

Les honneurs y sont puérilités
et bulles flottantes.

Quand l'amandier répand ses fleurs
Sur la paille des friches,

Il ne dit pas d'elle : « La misérable !
C'est moi le Seigneur généreux. »

*

Donne-moi le nay *et chante !*
Le chant est gloire originelle

La plainte du nay *survit*
À l'intrus et au puissant.

Chant 9

L'amabilité de certains est coquillage
dont les flancs,
aussi doux soient-ils,
ne recèlent nulle perle.

Il y a le rusé
avec ses deux âmes,
l'une souple comme pâte molle,
l'autre dure comme pierre.

Il y a le léger
et le flatteur fourbe,
dont les pointes ensanglantent
jusqu'aux plis de son propre vêtement.

L'amabilité pour l'abject
est cuirasse protectrice
quand la peur l'épouvante
et que le danger l'inquiète.

Alors si tu croises
force et souplesse à la fois,
pour qui a perdu la vue,
il y a là de quoi la recouvrer.

Dans la forêt,
point d'affable
dont la souplesse serait celle des lâches.

Les branches du saule s'élèvent
au voisinage des chênes.

Et si au paon est donnée la parure de pourpre,
il ne sait pas lui-même s'il incarne la beauté
[ou la séduction.

*

Donne-moi le nay *et chante !*
Le chant est la grâce des doux,

Et la plainte du nay *survit*
Au-delà du faible et du fort.

Chant 10

La grâce d'aucuns est camouflage,
la plus odieuse revient
à qui excelle
dans l'art de l'imitation.

Il y a :

celui qui admire
ce qu'il ignore,
dont il ne tire
ni profit ni préjudice,

le grandiose
qui se voit roi en son âme,
devenue source
de mélodies et de sourates,

l'orgueilleux
au miroir astral,
à l'ombre lunaire,
épanouie, florissante.

Dans les forêts,
point de gracieux
dont la grâce
serait faiblesse de petits.

Et le vent du matin, faible lui-même,
ne porte pas pour autant la maladie des faibles,

Les fleuves y ont un goût
de source de paradis,
mais aussi,
force et puissance pour charrier le lourd et le dur.

*

Donne-moi le nay *et chante !*
Le chant est la grâce du beau,

Et la plainte du nay *demeure*
Au-delà du fin et de l'épais.

Chant 11

L'amour des humains est multiple,
Souvent comme l'herbe des champs,
sans fleurs ni fruits.

L'amour est comme le vin,
modéré, il apaise,
abondant, il est danger pour qui s'y abandonne.

Et quand, sur un lit de concupiscence,
les corps mènent le cortège,
l'amour va vers son suicide tel un roi captif,
refusant la vie, ses alliés l'ayant trahi.

Dans la forêt,
point de débauche
qui prétende
à la noblesse de l'amour.

Quand les taureaux mugissent,
nul ne peut dire que ce soit d'amour.
L'amour des hommes est un mal
intérieur, entre chairs et os.

Et quand jeunesse s'en va,
s'en va aussi le mal.

*

Donne-moi le nay *et chante !*
Le chant est amour vrai,

Et la plainte du nay *survit*
Au-delà du beau et du délectable.

Chant 12

Si tu rencontres un amant épris, éperdu,
avec dans sa faim une satiété,
et dans sa soif, assouvie à la source,
une retenue,

et que les gens disent :
« C'est un fou !
Que peut-il bien vouloir de l'amour ?
Qu'espère-t-il de tant de patience ? »

« Est-ce pour Une telle
qu'il verse ces larmes de sang ?
Alors qu'elle n'a rien de merveilleux
ni de remarquable ? »

Dis-leur que ce sont eux les sourds et les démunis,
morts avant d'être nés,
Comment connaîtraient-ils l'essentiel qui fait vivre,
sans l'avoir expérimenté ?

Dans les forêts,
point de blâme,
Non !
et point de censeurs.

Quand les gazelles s'affolent
devant le visage du couchant,

L'aigle ne dit pas :
« Quelle chose étrange ! »

C'est le sage que
chez nous l'on appelle « l'étrange ».

*

Donne-moi le nay *et chante !*
Le chant est la plus belle des folies

La plainte du nay *survit*
au judicieux et au sérieux.

Chant 13

Dis : nous avons oublié
la fierté des conquérants,
mais jusqu'après le déluge,
nous n'oublierons jamais les insensés.

Au cœur même du Cornu[1]
était la boucherie,
et au fond du cœur de Qays[2],
l'autel vénérable,

Dans les triomphes de l'un,
se cachait la défaite,
et dans les brisures de l'autre,
la victoire et le succès.

L'amour se reconnaît à l'esprit,
pas au corps,
et le vin est pressé pour l'inspiration,
non pour l'ivresse.

1. Le Cornu : un des surnoms d'Alexandre le Grand.
2. Qays : poète arabe du VIIe siècle, héros légendaire d'une histoire d'amour.

Dans les forêts,
point de mémoire,
autre
que celle des amoureux,

Ceux qui ont dominé, régné,
tyrannisé les mondes,
ne sont que lettres devenus
dans des noms de criminels,

Et l'amour rayonnant,
chez nous s'appelle conquête éclatante.

*

Donne-moi le nay *et chante !*
Oublie la tyrannie des puissants.

Le lys est une coupe pour la rosée,
Non pour le sang.

Chant 14

Le bonheur sur terre est mirage
que l'on espère,
sitôt qu'il s'incarne,
on s'en lasse,

Tel le courant vers la plaine,
et qui, une fois arrivé,
ralentit et se trouble,

Les hommes ne sont heureux
que dans le désir de l'inaccessible,
une fois atteint
ils s'en désintéressent.

Si tu croises un bienheureux
qui renonce à l'inaccessible,
bien des leçons sont à tirer
de son comportement.

Dans la forêt,
point d'espérance,
pas d'ennui
non plus.

Comment la forêt pourrait-elle convoiter une part,
alors qu'elle a tout ?

Et pourquoi continuer à y chercher l'espoir,
alors qu'elle est l'Espérance.

La vie est d'espoir,
cela aussi est une de nos souffrances.

*

Donne-moi le nay *et chante !*
Le chant est feu et lumière,

La plainte du nay *est désir*
que n'approche jamais l'indifférence.

Chant 15

Les visées de l'esprit,
dans les plis de l'esprit sont cachées,
ne les dévoilent
ni les apparences, ni les images,

L'un dit que les esprits,
quand ils atteignent la perfection,
disparaissent,
et tout est consommé,

Comme des fruits mûrs
que l'arbre laisse tomber,
un jour, sous l'effet du vent,

L'autre dit :
une fois les corps pris de sommeil,
ne demeurent en l'esprit
ni errance, ni dialogue,

Comme les ombres sur l'étang
disparaissent
sans laisser de trace
quand l'eau vient à se troubler.

Tous est ombres
et les atomes,
ni dans les corps survivent,
ni dans les esprits agonisent.

Sitôt que le vent du Nord
a rangé les basques de l'entendement.
le vent d'Est vient les déranger.

Dans la forêt,
n'ai pas trouvé de différence,
entre corps et esprit,

L'air y est d'eau paisible,
et la rosée, d'eau tranquille,

L'arôme y est fleur qui se prolonge,
et la terre, fleur figée,

Les ombres des peupliers sont peupliers,
qui croyant être de nuit, se couchent.

*

Donne-moi le nay *et chante !*
Le chant est corps et esprit

Et la plainte du nay *survit*
au-delà de l'aurore et du crépuscule.

Chant 16

Le Corps est pour l'Âme entrailles
qu'elle habite jusqu'à maturité,
puis elle s'élève,
et lui s'effondre.

Elle est l'embryon,
et le jour du trépas
n'est pour elle que promesse tenue,
arrivée à terme, sans échec ni contrainte,

Mais il est dans les humains des spectres
qui ont la stérilité de l'arc
que ne sous-tend nulle corde,

Ce sont des intrus,
car les âmes ne sont nées,
ni de bois sec,
ni ne sont enfantées de boue,

mais que de plantes sur terre
sont sans parfum,
et que de nuages dans le ciel,
sans pluie.

Dans la forêt,
point de stérile,
et pas d'intrus non plus.

Dans la datte,
le noyau préserve le secret du palmier,

L'alvéole de miel est signe
de ruches et de champs,

Et le stérile est parole
bâtie à partir d'indolence.

*

Donne-moi le nay *et chante !*
Le chant est corps qui se déroule,

Et la plainte du nay *survit*
au monstrueux et au bâtard.

Chant 17

Pour le fils de la terre,
la mort est un terme,
pour le fils de l'éther,
elle est commencement et victoire.

Celui qui dans ses rêves enlace l'aurore,
survit,
qui dort toute la nuit,
s'efface,

Qui s'accroche à la terre
dès son éveil,
n'enlacera que terre
jusqu'à l'extinction des planètes.

La mort est comme la mer :
l'homme aux attaches légères la traverse,
et l'adepte des pesanteurs,
sombre.

Dans les forêts
ni mort, ni tombes,

Quand Avril s'en va,
point ne meurent avec lui les joies,

La peur de la mort est fantasme,
tapi dans les plis des poitrines,

Et tel qui n'a vécu qu'un printemps
est comme celui qui a vécu des siècles.

*

Donne-moi le nay *et chante !*
Le chant est secret d'immortalité

Et la plainte du nay *survit*
à l'anéantissement de l'existence.

Chant 18

Donne-moi le *nay* et chante !
Oublie ce que j'ai dit et ce que tu as dit.

La parole est poussière.
Dis-moi ce que tu as fait.

As-tu pris comme moi, la forêt pour maison
plutôt que les palais ?

As-tu suivi les ruisseaux,
escaladé les rochers ?

T'es-tu baigné de parfums,
et séché de lumière ?

As-tu bu l'aube comme un vin
dans les coupes d'éther ?

T'es-tu assis comme moi au crépuscule,
dans les paupières de vignes
aux grappes répandues
comme pléiades d'or,

Sources pour l'assoiffé,
pour l'affamé nourriture,
miel et parfum,
et vin pour qui désire,

T'es-tu offert la nuit
l'herbe pour couche,
enveloppé d'espace,

Renonçant à ce qui advient,
Oublieux du passé,

Dans l'Océan du silence de la nuit,
avec ses vagues dans tes oreilles,

Et, au sein de la nuit,
un cœur battant dans ta couche.

Chant 19

Donne-moi le *nay* et chante !
Oublie le mal et le remède.

Les hommes ne sont que lignes
tracées d'eau.

Quel intérêt, ô ma muse,
dans les rassemblements et les foules,

Les discussions et les cris,
les protestations et les dissensions ?

Ce ne sont là que taupinières,
et toiles d'araignée,

Et qui survit dans l'impuissance,
meurt lentement.

Chant 20

La vraie vie est dans la forêt,
et les jours même bien rangés,
entre mes mains serrées finiront en forêt,
dispersés.

Mais le destin, en mon âme,
fonde sa trajectoire,
et se dérobe chaque fois
que je me tourne vers la forêt,

Les destins ont leur voie
qui jamais ne varie,
et les hommes, impuissants à atteindre leur but,
renoncent.

Les Dieux de la terre

Quand la nuit de la douzième éternité tomba,
Et que le silence, marée haute de la nuit, engloutit les
[collines,
Les trois dieux de naissance terrestre, les Maîtres Titans
[de la vie,
Apparurent au-dessus des montagnes.

Les rivières couraient çà et là à leurs pieds ;
La brume flottait sur leurs poitrines,
Et leurs têtes se hissèrent avec majesté au-dessus du
[monde.

Alors ils parlèrent, et tels de lointains tonnerres
Leurs voix grondèrent sur les plaines.

PREMIER DIEU

Le vent vient de l'est ;
J'aimerais tourner mon visage vers le sud,
Car le vent remplit mes narines de l'odeur des choses
[mortes.

DEUXIÈME DIEU

C'est l'odeur de la chair brûlée, douce et bienfaisante.
Je veux la respirer.

PREMIER DIEU

C'est l'odeur de ce qui meurt en se desséchant
[au-dessus de sa propre flamme affaiblie.
Elle plane lourdement dans l'air,
Et comme le souffle fétide de la fosse
Elle offense mes sens.
Je voudrais tourner mon visage vers le nord inodore.

DEUXIÈME DIEU

C'est le parfum enflammé de la vie qui couve
Que je voudrais respirer maintenant et pour toujours.
Les dieux vivent de sacrifices,
Leur soif est étanchée par le sang,
Leurs cœurs sont apaisés par de jeunes âmes,
Leur vigueur est affermie par les soupirs impérissables
De ceux qui cohabitent avec la mort ;
Leurs trônes sont bâtis sur les cendres des générations.

PREMIER DIEU

Mon esprit est las de tout ce qui est.
Je ne lèverais pas le doigt pour créer un monde
Ni pour en effacer un.
Je ne voudrais pas vivre si je devais mourir,
Car les siècles pèsent sur moi,
Et la plainte incessante des mers trouble mon sommeil.
Si je devais oublier le dessein originel
Et disparaître comme un soleil dévasté ;
Si je devais dépouiller ma divinité de son but
Et expirer mon immortalité dans l'espace,
Et n'être plus ;
Si je devais me consumer et passer de la mémoire
[du temps
Au vide de nulle part !

TROISIÈME DIEU

Écoutez mes frères, mes frères de longue date.
Un jeune homme dans le vallon là-bas
Laisse son cœur chanter pour la nuit.
Sa lyre est d'or et d'ébène.
Sa voix est d'argent et d'or.

DEUXIÈME DIEU

Je ne serais pas aussi inutile qu'en n'étant plus.
Il me fallait choisir le chemin le plus rude ;
Suivre les saisons et supporter la majesté des années ;
Semer la graine et la regarder pousser en terre ;
Faire sortir la fleur de sa cachette
Et lui donner la force de blottir sa propre vie,
Puis la cueillir quand l'orage éclate dans la forêt ;
Faire jaillir l'homme des secrètes ténèbres,
En prenant soin que ses racines restent agrippées
[à la terre ;
Lui donner soif de vie, et faire de la mort son échanson ;
Le doter de l'amour qui croît avec la douleur,
S'intensifie avec le désir, augmente avec l'envie,
Et dépérit à la première étreinte ;
Ceindre ses nuits des rêves de grands jours,
Inspirer à ses jours la vision de nuits bienheureuses,
Et néanmoins limiter ses jours et ses nuits
À leur immuable ressemblance ;
Faire que son imagination soit comme l'aigle de la
[montagne,
Et sa pensée comme les tempêtes en mer,
Et néanmoins lui donner des mains lentes à se décider,
Et des pieds qui avancent lourdement ;
Lui donner la joie pour qu'il puisse nous chanter,
Le chagrin pour qu'il puisse nous invoquer,
Et puis l'étendre à terre,
Quand la terre affamée réclame à manger ;

Élever son âme bien au-dessus du firmament
Qu'il puisse avoir un avant-goût de notre futur,
Et maintenir son corps rampant dans la fange
Pour qu'il ne puisse oublier son passé.

C'est ainsi que nous gouvernerons l'homme jusqu'à
[la fin des temps,
En régissant son souffle qui commença avec les pleurs
[de sa mère,
Et se terminera avec les lamentations de ses enfants.

PREMIER DIEU

Mon cœur a soif, cependant je refuse de boire le sang
[défaillant d'une race débile,
Car la coupe est corrompue, et le vin qu'elle contient
[est amer à mes lèvres,
Comme toi j'ai pétri l'argile et je l'ai façonnée pour lui
[donner des formes vivantes
Qui ont glissé de mes doigts ruisselants vers les marais et
[les collines.
Comme toi j'ai embrasé les sombres profondeurs de
[la vie qui commençait
Et je l'ai vue ramper depuis les cavernes jusqu'aux
[hauteurs rocheuses.
Comme toi j'ai invoqué le printemps et fait de sa beauté
Un leurre qui s'empare de la jeunesse et la contraint à
[engendrer et à se multiplier.
Comme toi j'ai mené l'homme de sanctuaire
[en sanctuaire,
Et changé sa peur muette des choses invisibles
En confiance craintive en nous, les inaccessibles et les
[inconnus.
Comme toi j'ai envoyé des tempêtes furieuses s'abattre
[sur sa tête
Pour qu'il se prosterne devant nous,

Et j'ai ébranlé la terre à ses pieds jusqu'à ce qu'il crie
[vers nous ;
Et comme toi, j'ai guidé l'océan sauvage vers son île
[blottie,
Jusqu'à ce qu'il meure en nous invoquant.
J'ai fait tout cela, et encore davantage.
Et tout ce que j'ai fait est vide et vain.
Vain est le réveil et vide est le sommeil,
Et trois fois vide et vain est le rêve.

TROISIÈME DIEU

Frères, mes augustes frères,
En bas dans le bocage de myrte
Une fille danse pour la lune,
Il y a une centaine d'étoiles de rosée dans ses cheveux,
Et une centaine d'ailes autour de ses pieds.

DEUXIÈME DIEU

Nous avons planté l'homme, qui est notre vigne, et
[labouré le sol
Dans la brume pourpre de la première aurore.
Nous avons vu pousser les branches amaigries,
Et tout au long de ces années sans saison
Nous avons nourri les jeunes pousses.
Nous avons protégé le bourgeon des éléments
[déchaînés
Et nous avons défendu la fleur contre les esprits malins.
Et maintenant que notre vigne a donné du raisin
Tu refuses de le cueillir pour le mener au pressoir et
[remplir la coupe.
Quelle main plus puissante que la tienne va cueillir le
[fruit ?
Et quelle plus noble fin que ta soif attend le vin ?
L'homme est la nourriture des dieux,
Et la gloire de l'homme commence

Quand son souffle inutile est aspiré par les lèvres
[sanctifiées des dieux.
Tout ce qui est humain est néant s'il ne reste qu'humain ;
L'innocence de l'enfance et la douce joie
[de la jeunesse,
La colère de la maturité et la sagesse de la vieillesse ;
La splendeur des rois et le triomphe des guerriers,
Le renom des poètes et l'honneur des rêveurs et des
[saints ;
Tout ceci et tout ce que cela suppose est du pain pour
[les dieux.
Et ce ne sera que du mauvais pain
Si les dieux ne le portent pas à leurs bouches.
Et de même que le raisin muet se change en chansons
[d'amour quand le rossignol le mange,
En étant le pain des dieux l'homme éprouvera
[la divinité.

PREMIER DIEU

Oui, l'homme est de la chair pour les dieux !
Et tout ce qui est homme viendra sur la table éternelle
[des dieux !
La douleur de la grossesse et l'agonie de l'enfantement,
Le cri aveugle de l'enfant qui perce la nuit nue,
Et l'angoisse de la mère luttant avec le sommeil auquel
[elle aspire,
Pour laisser s'écouler la vie éreintée de son sein ;
Le souffle ardent de la jeunesse tourmentée,
Et les lourds sanglots de la passion qui n'a servi à rien ;
Les fronts ruisselants de l'âge d'homme labourant
[la terre aride,
Et le regret de la pâle vieillesse quand la vie contre la
[volonté même de la vie
Aspire à la tombe.
Sachez-le, c'est cela l'homme !

Une créature engendrée par la faim et devenue
[nourriture pour des dieux affamés.
Une vigne qui grimpe dans la poussière sous les pieds
[de la mort impérissable.
La fleur qui fleurit les nuits d'ombres mauvaises ;
Le raisin des jours funèbres, des jours de terreur et de
[honte.
Et tu voudrais malgré tout que je mange et boive.
Tu voudrais m'obliger à m'asseoir parmi des visages
[ensevelis,
À puiser ma vie dans des lèvres pierreuses
Et recevoir mon éternité des mains flétries.

TROISIÈME DIEU

Frères, mes frères redoutés,
Le jeune homme chante à n'en plus finir,
Et trois fois plus haute est sa chanson.
Sa voix agite la forêt,
Perce le ciel,
Et dissipe la somnolence de la terre.

DEUXIÈME DIEU

(N'écoutant toujours pas)

L'abeille bourdonne durement dans tes oreilles,
Et le miel est répugnant à tes lèvres.
J'aimerais bien te consoler,
Mais comment y parviendrais-je ?
Seul l'abîme écoute quand les dieux appellent les dieux,
Car le gouffre entre les divinités est infini,
Et l'espace est immobile.
J'aimerais néanmoins te réconforter,
Apaiser tes cieux nuageux ;
Et bien que nous soyons égaux en puissance et en
[discernement,
Je veux te conseiller.
Quand du chaos surgit la terre, et que, fils du

commencement, nous nous sommes aperçus les uns les autres dans la lumière stérile, nous avons balbutié le premier son étouffé et tremblotant qui anima les courants dans les airs et dans les mers.

Puis nous avons marché, main dans la main, par-dessus le jeune monde gris, et de l'écho de nos premiers pas lascifs naquit le temps, une quatrième divinité, qui pose ses pieds dans nos empreintes, ombrageant nos pensées et nos désirs, et que seuls voient nos yeux.

Puis sur terre vint la vie, et à la vie vint l'esprit, la mélodie ailée de l'univers. Et nous avons régi la vie et l'esprit, et nul autre que nous ne connaissait l'échelle du temps ni le poids des rêves nébuleux des ans, jusqu'à ce que, à l'apogée de la septième éternité, nous donnions la mer en mariage au soleil.

Et de l'extase profonde de leur chambre nuptiale, nous avons fait naître l'homme, une créature qui, bien que molle et infirme, porte toujours la marque de sa filiation.

À travers l'homme qui foule la terre le regard sondant le firmament, nous trouvons des sentiers qui mènent aux régions les plus lointaines de la terre ; de l'homme, humble roseau poussant près des eaux sombres, nous faisons une flûte et par le cœur évidé de cet instrument nous répandons notre voix sur le monde lié au silence.

Du nord dépourvu de soleil au sable brûlé par le soleil
[du sud,
Du pays du lotus où naissent les jours
Aux îles périlleuses où les jours se meurent,
L'homme, au cœur affaibli, enhardi par notre dessein,
S'aventure avec lyre et glaive.
La volonté qu'il annonce est la nôtre
Et la souveraineté qu'il proclame est la nôtre,
Ses courants parcourus par l'amour sont des rivières
[qui se jettent dans la mer de nos désirs.

Au-dessus des hauteurs, dans le sommeil de l'homme
[nous rêvons nos rêves.
Nous exhortons ses jours à quitter la vallée des
[crépuscules
Et à chercher leur plénitude au-dessus des collines.
Nos mains dirigent les tempêtes qui balaient le monde
Et invitent l'homme à quitter la paix stérile pour
[entamer la lutte fertile
Et atteindre au triomphe.
Il y a dans nos yeux la vision qui change l'âme
[de l'homme en flamme,
Et l'incite à la solitude exaltée, à la prophétie rebelle
Et à la crucifixion.
L'homme est né pour l'esclavage,
Et son honneur et sa récompense sont dans l'esclavage.
Dans l'homme nous cherchons une embouchure,
Et dans sa vie notre propre accomplissement.
Quel cœur fera écho à notre voix si le cœur humain
[est étouffé par la poussière ?
Qui verra notre rayonnement si l'œil de l'homme
[est aveuglé par la nuit ?
Et que voudrais-tu faire de l'homme, enfant de notre
[cœur originel, notre propre image ?

TROISIÈME DIEU

Frères, mes frères tout-puissants,
Les pieds de la danseuse sont ivres de chansons.
Ils font palpiter l'air,
Et comme des colombes ses mains volent.

PREMIER DIEU

Les alouettes appellent les alouettes,
Mais en haut l'aigle plane,
Et ne s'attarde pas davantage pour écouter la chanson.
Tu voudrais m'enseigner l'amour réalisé dans le culte
[de l'homme,

Et la satisfaction trouvée dans la servitude de l'homme.
Mais l'amour que je ressens est infini
[et incommensurable.
Je voudrais m'élever au-delà de ma qualité de mortel
[terre-à-terre
Et m'introniser au-dessus des cieux.
Mes bras voudraient ceindre l'espace et encercler
[les sphères célestes.
Je voudrais prendre le chemin étoilé pour arc,
Les comètes pour flèches,
Et avec l'infini je voudrais conquérir l'infini.

Mais toi tu ne le feras pas, serait-ce en ton pouvoir.
Car de même que l'homme est à l'homme,
Les dieux sont aux dieux.
Non, tu voudrais apporter à mon cœur las
Le souvenir de cycles écoulés dans la brume,
Quand mon âme se cherchait parmi les montagnes
Et que mes yeux poursuivaient leur propre image
[dans les eaux endormies ;
Bien que mon passé soit mort dans l'enfantement
Et que seul le silence visite sa matrice,
Et que le sable répandu par le vent se blottisse en son
[sein.

Ô passé, passé mort,
Mère de ma divinité enchaînée,
Quel dieu suprême te prit dans son envol
Et te fit procréer dans la cage ?
Quel soleil géant chauffa ton sein
Pour me donner naissance ?
Je ne te bénis pas, mais je ne veux pas te maudire pour
[autant ;
Car de même que tu m'as chargé du fardeau de la vie
Je t'ai alourdi avec l'homme.
Mais j'ai été moins cruel.

Moi, l'immortel, j'ai fait de l'homme une ombre
[passagère ;
Et toi, le mortel, tu m'as conçu impérissable.

Passé, passé mort,
Reviendras-tu avec l'avenir lointain,
Que je puisse te mener au discernement ?
Et t'éveilleras-tu avec la seconde aurore de la vie
Que je puisse effacer de la terre ton souvenir qui y est
[enraciné ?
Je voudrais que tu puisses te lever avec tous les morts
[d'autrefois,
Jusqu'à ce que la terre s'étouffe avec son propre fruit
[amer,
Que toutes les mers stagnent envahies de tous les
[noyés,
Et qu'un malheur après l'autre épuise la vaine fertilité
[de la terre.

TROISIÈME DIEU

Frères, mes frères sacrés,
La fille a entendu la chanson,
Et à présent elle cherche le chanteur.
Comme un faon surpris et heureux,
Elle bondit par-dessus les rochers et les ruisseaux
Et se tourne de tous les côtés.
Oh, la joie ressentie dans une intention humaine,
L'œil du dessein à moitié né ;
Le sourire sur les lèvres qui frissonnent
Avec l'avant-goût des délices promises !
Quelle fleur est tombée des cieux,
Quelle flamme s'est élevée de l'enfer,
Qui ont éveillé le cœur du silence
À cette joie et cette peur essoufflées ?
Quel rêve avons-nous fait au-dessus des montagnes,
Quelle pensée avons-nous donnée au vent

Qui ont éveillé la vallée assoupie
Et rendu la nuit vigilante ?

DEUXIÈME DIEU

Le métier à tisser sacré t'est donné,
Ainsi que l'art de tisser l'étoffe.
Le métier à tisser et l'art de tisser seront à toi
[éternellement,
À toi aussi le fil sombre et la lumière,
À toi encore la pourpre et l'or.
Et pourtant tu voudrais te confectionner des vêtements
[à contrecœur.
Tes mains ont filé l'âme de l'homme
Avec l'air et le feu vivants,
Malgré cela tu voudrais maintenant casser le fil,
Et abandonner tes doigts habiles à une éternité
[désœuvrée.

PREMIER DIEU

Non, je ne veux pas donner mes mains à l'éternité
[informe,
Ni céder mes pieds aux champs vierges.
Quelle joie y a-t-il dans les chansons que
[l'on a entendues souvent,
Dont le refrain retient l'oreille qui se souvient
Avant que le souffle ne l'offre au vent ?
Mon cœur convoite ce que mon cœur ne conçoit pas,
Et vers l'inconnu où n'habite pas la mémoire
Je voudrais diriger mon esprit.
Oh, ne me tente pas avec la gloire possédée,
Et ne cherche pas à me consoler avec ton rêve ni
[avec le mien,
Car tout ce que je suis, tout ce qu'il y a sur terre,
Et tout ce qui sera, ne sollicitent pas mon âme.
Ô mon âme,
Silencieux est ton visage,

Et dans tes yeux dorment les ombres de la nuit.
Mais terrible est ton silence,
Et terrible est ton art.

TROISIÈME DIEU

Frères, mes frères solennels,
La fille a trouvé le chanteur.
Elle voit son visage ravi.
Telle une panthère elle glisse d'une démarche subtile
À travers la vigne et la fougère bruissantes.
Et tandis qu'il chante avec ardeur
Il la contemple fixement.

Ô mes frères, mes frères insouciants,
Est-ce un autre dieu exalté
Qui a tissé cette toile écarlate et blanche ?
Quelle étoile débridée s'est égarée ?
Quel secret la nuit cache-t-elle au matin ?
Et quelle main est au-dessus de notre monde ?

PREMIER DIEU

Ô mon âme, mon âme,
Sphère brûlante qui m'encercle,
Comment guiderai-je ta course
Et vers quel espace dirigerai-je ton ardeur ?

Ô mon âme esseulée,
Affamée tu fais de toi ta propre proie,
Et avec tes propres larmes tu veux étancher ta soif ;
Car la nuit ne verse pas sa rosée dans ta coupe,
Et le jour ne t'apporte aucun fruit.

Ô mon âme, mon âme,
Navire échoué chargé de désir,
D'où viendra le vent pour gonfler tes voiles,
Et quelle marée haute dégagera ton gouvernail ?

Lourde est ton ancre et tes ailes voudraient se déployer,
Mais les cieux sont silencieux au-dessus de toi,
Et la mer tranquille raille ton immobilité.

Et quel espoir y a-t-il pour toi et moi ?
Quel changement de mondes, quel nouvel objectif
[dans les cieux,
Qui te réclameront ?
La matrice du vierge infini
Porte-t-elle la graine de ton Rédempteur,
Qui serait plus puissant que ta vision
Dont la main te délivrera de ta captivité ?

DEUXIÈME DIEU

Retiens ton cri importun
Et le souffle de ton cœur ardent,
Car sourde est l'oreille de l'infini
Et inattentif est le ciel.
Nous sommes l'au-delà et nous sommes le Très-Haut,
Et entre nous et l'éternité illimitée
Il n'y a que notre passion impalpable
Et ce qui l'anime.

Tu invoques l'inconnu,
Et l'inconnu vêtu de brume mobile
Demeure en ton âme.
En vérité, dans ton âme s'est endormi ton Rédempteur
Et dans le sommeil il voit ce que l'œil éveillé ne voit
[pas.
Et c'est le secret de notre être.
Voudrais-tu laisser la récolte non moissonnée,
Pour en hâte, ensemencer à nouveau le sillon des rêves ?
Et pourquoi étends-tu ta nuée dans les champs vierges
[et désolés,
Quand ton propre troupeau te cherche
Et aimerait se rassembler dans ton ombre ?

Abstiens-toi et baisse les yeux sur le monde.
Regarde les enfants qui ne sont pas sevrés de ton amour.
La terre est ta demeure et elle est ton trône ;
Et bien au-delà du plus grand espoir de l'homme
Ta main soutient sa destinée.
Tu ne veux pas l'abandonner, lui
Qui s'efforce de t'atteindre par la joie et par la douleur.
Tu ne veux pas détourner ton visage du besoin
[que tu lis dans son œil.

PREMIER DIEU

L'aube retient-elle le cœur de la nuit sur son cœur ?
Ou la mer prend-elle soin des corps de ses noyés ?
Comme l'aube mon âme se lève en moi
Nue et désentravée.
Et comme la mer sans repos,
Mon cœur chasse un varech glacial fait d'homme
[et de terre.
Je ne veux pas m'accrocher à ce qui s'accroche à moi.
Mais vers ce qui se hisse au-delà de mon royaume
[je voudrais m'élever.

TROISIÈME DIEU

Frères, regardez, mes frères,
Ils se rencontrent, deux esprits liés aux étoiles
[qui s'affrontent dans le ciel.
En silence ils se regardent fixement.
Le jeune homme ne chante plus
Et pourtant sa gorge hâlée palpite avec la chanson ;
Et dans les membres de la jeune femme la danse
[joyeuse s'est arrêtée
Mais ne s'est pas endormie.

Frères, mes frères étranges,
La nuit devient profonde
Et plus brillante est la lune,

Et entre la prairie et la mer
Une voix en extase nous appelle vous et moi.

DEUXIÈME DIEU

Être, s'élever, se consumer devant le soleil brûlant,
Vivre et regarder les nuits de la vie
Comme Orion nous regarde !
Affronter les quatre vents la tête haute et couronnée,
Et guérir les maux de l'homme par notre souffle
[sans reflux !
Le tisseur de toile est assis tristement à son métier
Et le potier tourne sa roue ignorante ;
Mais nous, les inlassables et les malins,
Nous sommes délivrés de la conjecture et du hasard.
Nous ne nous arrêtons pas ni ne nous attardons
[à penser.
Nous sommes au-dessus des interrogations incessantes.
Soyons heureux et laissons passer les rêves.
Comme les rivières laissons-nous couler vers l'Océan
Sans être blessés par les arêtes des rochers ;
Et quand nous atteindrons son cœur et que nous
[nous y perdrons,
Nous ne nous disputerons plus et ne raisonnerons
[plus quant à l'avenir.

PREMIER DIEU

Oh, cette douleur de la divination perpétuelle,
Cette veille pour guider le jour vers le crépuscule,
Et la nuit vers l'aube ;
Cette marée du souvenir et de l'oubli perpétuels ;
Ces destinées qui ne cessent de semer et de moissonner
[de tout sauf de l'espoir ;
Cette immuable élévation de soi, de la poussière
[vers la brume,
Ne désirer intensément que la poussière,
[et s'effondrer avec ardeur dans la poussière,

Et avec une ardeur plus grande chercher encore
[la brume.
Et cette éternelle mesure du temps.
Mon âme doit-elle nécessairement être une mer dont
[les courants se mêlent éternellement les uns aux autres,
Ou bien le ciel où les vents hostiles deviennent ouragan ?

Si j'étais un homme, un fragment aveugle,
J'aurais pu éprouver la patience,
Ou si j'étais le Dieu Suprême,
Qui remplit le vide de l'homme et des dieux,
Je serais accompli.
Mais ni vous ni moi ne sommes humains,
Ni l'Être Suprême au-dessus de nous.
Nous ne sommes que des crépuscules qui se lèvent
[et s'affaiblissent éternellement
Entre deux horizons.
Nous ne sommes que des dieux soutenant un monde
[et soutenus par lui,
Des destins que sonnent les trompettes
Tandis que le souffle et la musique viennent d'au-delà.
Et je me rebelle.
Je voudrais m'épuiser jusqu'au néant.
Je voudrais me dissoudre loin de ta vue
Et du souvenir de ce jeune homme silencieux,
[notre tout jeune frère,
Qui est assis à côté de nous, regarde dans cette vallée,
Et qui bien que ses lèvres bougent, ne dit pas un mot.

TROISIÈME DIEU

Je parle, mes frères insouciants,
Je parle en vérité,
Mais vous n'entendez que vos propres mots,
Je vous ordonne de voir votre gloire et la mienne,
Mais vous vous détournez et vous fermez les yeux
Et vous balancez vos trônes.

Vous êtes des souverains qui voudriez gouverner
[le monde du dessus et celui du dessous,
Dieux autoproclamés, dont le passé est toujours jaloux
[de votre futur,
Lassés de vous, qui voudriez déchaîner votre colère
[par la parole
Et cingler notre astre avec des tonnerres !
Votre fief n'est que le son d'une Lyre Ancienne
Dont les cordes ont été oubliées par les doigts de Celui
Qui a Orion pour harpe et les Pléiades pour cymbales.
Même maintenant, pendant que vous marmonnez
[et grondez,
Sa harpe résonne, Ses cymbales s'entrechoquent,
Et je vous en supplie, entendez Sa chanson.

Regardez, un homme et une femme,
Flamme contre flamme,
En pure extase.
Des racines qui sucent la poitrine de la terre pourpre,
La flamme fleurit aux seins du ciel.
Nous sommes la poitrine pourpre
Et nous sommes le ciel permanent.
Notre âme, égale à l'âme de la vie, votre âme
[et la mienne,
Demeure cette nuit dans une gorge enflammée,
Et revêt de vagues palpitantes le corps d'une fille.
Votre sceptre ne peut influencer cette destinée,
Votre lassitude n'est qu'ambition.
Mais tout ceci s'efface
Dans la passion d'un homme et d'une jeune fille.

DEUXIÈME DIEU

Voire, quelle importance a l'amour de l'homme
[et de la femme ?
Regardez le vent d'est danser avec les pieds dansants
[de la jeune fille,

Et le vent d'ouest se lever en chantant avec la chanson
[du jeune homme.
Regardez notre dessein sacré maintenant intronisé,
Dans l'abandon d'un esprit qui chante à un corps
[qui danse.

PREMIER DIEU

Je ne baisserai pas les yeux vers la vanité de la terre,
Ni vers ses enfants dans leur lente agonie que
[vous appelez amour.
Et qu'est-ce que l'amour,
Sinon le tambour voilé qui mène la longue procession
[de la douce incertitude
Vers une autre lente agonie ?
Je ne regarderai pas en bas.
Qu'y a-t-il à voir
Sinon un homme et une femme dans une forêt
[qui grandit pour les piéger
Afin qu'ils renoncent à eux
Et à leurs semblables en faveur de notre futur à venir ?

TROISIÈME DIEU

Ô l'affliction de la connaissance,
Le voile opaque de la curiosité et des interrogations
Que nous avons étendu au-dessus du monde ;
Et le défi à la patience humaine !
Nous voudrions laisser sous une pierre une forme
[en cire
Et nous dire, c'est une chose en argile,
Et dans l'argile laissons-la trouver sa fin.
Nous voudrions tenir dans nos mains une flamme
[blanche
Et nous dire dans notre cœur,
C'est un fragment de nous qui revient,
Un souffle de notre souffle qui s'est échappé

Et qui hante à présent nos mains et nos lèvres
[pour en obtenir davantage de fragrance.
Dieux de la terre, mes frères,
Bien qu'au-dessus de la montagne,
Nous restons toujours terre-à-terre,
À travers l'homme aspirant aux heures dorées
[de la destinée de l'homme.
Notre sagesse ravira-t-elle la beauté à ses yeux ?
Notre retenue réduira-t-elle sa passion au calme
Ou à notre propre passion ?

Que peuvent vos armées de raisonnement
Là où l'amour installe son hôte ?
Elles qui sont conquises par l'amour,
Au-dessus des corps desquelles le char de l'amour
[courait
De la mer vers la montagne
Et à nouveau de la montagne à la mer,
Elles demeurent aujourd'hui encore enlacées dans
[une étreinte timide.
Pétale par pétale elles respirent le parfum sacré,
Âme par âme elles trouvent l'âme de la vie,
Et sur leurs paupières une prière s'élève
Vers vous et moi.
L'amour est une nuit penchée sur un berceau béni,
Un ciel devenu prairie, dont les étoiles sont des lucioles.
C'est vrai, nous sommes l'au-delà,
Et nous sommes le Très-Haut.
Mais l'amour dépasse nos interrogations,
Et prend son essor dans notre chant.

DEUXIÈME DIEU

Tu cherches un astre lointain,
Et tu ne veux pas contempler cette étoile
Où tes forces sont établies ?
Il n'y a pas de centre dans l'espace

Sauf là où l'individu est uni à l'individu,
Et où la beauté est le témoin et le prêtre.
Regarde bien la beauté dispersée autour de nos pieds,
Et la beauté qui remplit nos mains pour humilier
[nos lèvres.
Le plus lointain est le plus proche.
Et là où est la beauté, il y a tout.

Ô frère grand rêveur,
Reviens-nous de l'indistincte frontière du temps !
Délie tes pieds de l'absence d'espace et de temps,
Et habite avec nous dans cette sécurité
Que ta main entrelacée avec les nôtres
A bâtie pierre après pierre.
Dépouille-toi de ta pèlerine d'obscurité,
Et sois notre camarade, maîtres de la jeune terre verte
[et chaude.

PREMIER DIEU

Éternel Autel ! Voudrais-tu en effet cette nuit
Un dieu pour sacrifice ?
Alors je viens, et en venant je vous adresse
Ma passion et ma peine.
Il y a la danseuse, sculptée à partir de notre ancienne
[ardeur,
Et le chanteur crie mes propres chansons au vent.
Et dans cette danse et dans ce chant
Un dieu est tué en moi.
Mon cœur de dieu dans mes côtes humaines
Hurle vers mon cœur de dieu entre ciel et terre.
La fosse humaine qui me lassait appelle à la divinité,
La beauté que nous avons cherchée depuis
[le commencement
Appelle à la divinité.
Je prête attention, j'ai éprouvé l'appel,
Et à présent je cède.

La beauté est un chemin qui mène à sa propre
[mise à mort.
Frappez vos cordes.
Je veux marcher sur le chemin.
Il s'étend toujours vers une autre aurore.

TROISIÈME DIEU

L'amour triomphe.
La blancheur et la verdure de l'amour à côté d'un lac,
Et la fière majesté de l'amour dans la tour ou le balcon ;
L'amour dans un jardin ou dans le désert inexploré,
L'amour est notre seigneur et maître.
Ce n'est pas une déchéance impudique de la chair,
Ni l'écroulement du désir
Quand désir et individu luttent ;
Ce n'est pas la chair qui prend les armes contre l'esprit.
L'amour ne se rebelle pas.
Il quitte seulement le sentier battu des anciennes
[destinées pour la futaie sacrée,
Pour chanter et danser son secret à l'éternité.
L'amour est la jeunesse avec des chaînes brisées,
Les hommes libérés du sol,
Et les femmes chauffées par la flamme
Qui brillent de la lumière des cieux plus profonds
[que nos cieux.
L'amour est un rire lointain dans l'esprit.
C'est un assaut sauvage qui vous fait taire jusqu'à
[votre réveil.
C'est une nouvelle aurore au-dessus de la terre,
Un jour qui n'est pas encore achevé dans vos yeux
[ou dans les miens,
Mais déjà achevé dans son grand cœur.

Frères, mes frères,
La fiancée vient du cœur de l'aube,
Et le prétendant du crépuscule.

Il y a des noces dans la vallée.
Un jour trop important pour qu'on le raconte.

DEUXIÈME DIEU

Il en a été ainsi depuis que le premier matin
A déversé les plaines dans les collines et les vaux,
Et il en sera ainsi jusqu'au dernier soir.
Nos racines ont produit les branches qui dansent
[dans la vallée,
Et nous sommes la fleuraison de la chanson parfumée
[qui s'élève jusqu'aux cimes.
Immortels et mortels, rivières jumelles appelées
[vers la mer.
Il n'y a aucun vide entre deux appels,
Sauf dans l'oreille.
Le temps rend notre écoute plus sûre,
Et lui donne plus de désir.
Seul le doute quant aux mortels fait taire le bruit.
Nous avons pris notre essor du doute.
L'homme est un enfant de notre tout jeune cœur.
L'homme est un dieu en lente ascension ;
Et entre sa joie et sa douleur
Se trouve notre sommeil, et le rêve qui en découle.

PREMIER DIEU

Laissez-le chanteur pleurer, laissez les pieds
[de la danseuse tournoyer
Et laissez-moi éprouver une satisfaction passagère.
Laissez mon âme tranquille cette nuit.
Que je puisse enfin somnoler, et dans mon sommeil
Apercevoir un monde plus brillant
Et des créatures plus étoilées que mon esprit
[peut assouplir.

TROISIÈME DIEU

À présent je vais m'élever et me dépouiller du temps
[et de l'espace,
Je vais danser dans ce champ vierge,
Et les pieds de la danseuse danseront avec les miens ;
Je chanterai dans ces hauteurs
Et une voix humaine palpitera dans la mienne.

Nous entrerons dans le crépuscule ;
Peut-être pour marcher vers l'aube d'un nouveau
[monde
Mais l'amour restera
Et ses empreintes ne seront pas effacées.
Les bénis forgent les brûlures,
Les étincelles s'élèvent, et chaque étincelle est un soleil.
Il est préférable pour nous, et plus sage,
De chercher un recoin ombragé et de nous endormir
[dans notre divinité terrienne,
Et laissons l'amour, frêle et humain, gouverner le jour
[à venir.

Poèmes choisis

(extraits de Rires et larmes*)*

AIE PITIÉ DE MOI, MON ÂME !

Pourquoi pleures-tu, mon Âme ?
Connais-tu ma faiblesse ?
Tes larmes me frappent fort et me font mal,
Car j'ignore mes torts.
Jusqu'à quand pleureras-tu ?
Je n'ai que des mots humains
Pour interpréter tes rêves,
Tes désirs et tes commandements.

Regarde-moi, mon Âme : j'ai
Consumé ma vie entière à respecter
Tes enseignements. Vois combien
Je souffre ! J'ai épuisé ma
Vie à te suivre.

Mon cœur a glorifié le
Trône, mais il est désormais tombé en esclavage ;
Ma patience était ma compagne, mais
Désormais elle lutte contre moi ;
Ma jeunesse était mon espoir, mais
Désormais elle réprimande ma négligence.
Pourquoi, mon Âme, exiges-tu tout ?
J'ai renoncé au plaisir

Et j'ai délaissé la joie de vivre
En suivant la voie que tu
M'as incité à suivre.
Sois juste avec moi, ou appelle la Mort
Pour me désentraver,
Car la justice est ta gloire.

Aie pitié de moi, mon Âme.
Tu m'as chargé d'un Amour si grand que
Je ne puis plus porter ce fardeau. L'Amour et
Toi êtes des puissances inséparables ; la Matière
Et Moi sommes des faiblesses inséparables.
La lutte cessera-t-elle jamais
Entre le fort et le faible ?

Aie pitié de moi, mon Âme.
Tu m'as fait voir la Fortune hors de portée
De mon étreinte. Toi et la Fortune séjournez
Au sommet de la montagne ; la Misère et Moi sommes
Tous deux abandonnés dans le creux de
La vallée. La montagne et la vallée
S'uniront-elles jamais ?

Aie pitié de moi, mon Âme.
Tu m'as montré la Beauté, mais tu me l'as
Ensuite dissimulée. La Beauté et Toi vivez
Dans la lumière ; l'Ignorance et Moi sommes
Liés ensemble dans les ténèbres. La lumière
Envahira-t-elle jamais les ténèbres ?

Tu aspires au Jugement dernier,
Dont tu te réjouis avant l'heure ;
Mais ce corps souffre en cette vie
Ici-bas.
Telle est, mon Âme, la déconvenue.

Tu te hâtes vers l'Éternité,
Mais ce corps va lentement vers
La mort. Tu ne l'attends pas,
Et il ne peut aller vite.
Telle est, mon Âme, la tristesse.

Tu t'élèves, attirée par
Les cieux, mais ce corps retombe à cause de
La pesanteur de la terre. Tu ne le consoles
Pas, et il ne t'apprécie pas.
Telle est, mon Âme, la douleur.

Tu es riche dans la sagesse, mais ce
Corps est pauvre dans l'entendement.
Tu ne transiges pas
Et il n'obéit pas.
Telle est, mon Âme, l'extrême souffrance.

Dans le silence de la nuit tu visites
La Bien-aimée et tu aimes la douceur de
Sa présence. Ce corps reste toujours
La victime amère de l'espoir et de la séparation.
Telle est, mon Âme, le supplice angoissant.
Aie pitié de moi, mon Âme !

LA VIE DE L'AMOUR

Printemps

Viens, mon aimée ; marchons parmi les buttes,
Car la neige est eau, la Vie prend sa source dans son
Sommeil et rôde dans les collines et les vallées.
Suivons les empreintes du Printemps dans les
Champs lointains, et grimpons sur les sommets pour
[puiser
L'inspiration bien au-dessus des fraîches plaines
[verdoyantes.

L'aube du Printemps a déployé ses vêtements d'hiver
Et les a déposés sur les pêchers et les citronniers ;
Ils ressemblent à de jeunes mariés dans le costume
[cérémonial de
La Nuit du Cèdre.

Les brindilles des vignes s'enlacent les unes avec les
[autres comme
Des amoureux, et les ruisseaux jaillissent en dansant
D'entre les pierres, en répétant la chanson de
[l'allégresse ;
Et les fleurs bourgeonnent soudain du cœur de
La Nature, comme l'écume naît du cœur fertile de la mer.

Viens, mon aimée ; buvons les dernières larmes
De l'Hiver dans la coupe des lilas, apaisons nos âmes
Avec la douche du chant des oiseaux, et flânons
Avec entrain dans la brise capiteuse.

Asseyons-nous sur ce rocher, où se cachent les violettes ;
[poursuivons
Leurs échanges par la douceur de nos étreintes.

Été

Allons dans les champs, mon aimée, car le
Temps de la récolte approche, et les yeux du soleil
Font mûrir le raisin.
Soignons le fruit de la terre, comme
L'esprit nourrit les raisins de la Joie avec les
Graines de l'Amour, semées profondément dans nos
[cœurs.
Remplissons nos huches des produits de
La Nature, comme la vie remplit avec abondance le
Domaine de nos cœurs de sa bonté infinie.
Faisons des fleurs notre lit, et du ciel notre couverture, et
Posons nos têtes tout près l'une de l'autre
Sur les coussins de foin mou.
Détendons-nous après le labeur de la journée, et écoutons
Le murmure agaçant du ruisseau.

Automne

Allons cueillir les grappes sur les vignes
Pour la presse à vin, et conservons le vin dans de vieux
Fûts, comme l'esprit conserve la Sagesse des
Générations dans des vaisseaux éternels.

Retournons dans notre demeure, car le vent a
Fait choir les feuilles jaunies et a enseveli les
Fleurs fanées qui murmurent l'élégie de l'Été.

Rentrons à la maison, mon éternelle aimée, car les
[oiseaux
Sont partis en pèlerinage vers la chaleur et ont quitté les
[prairies
Glacées qui subissent les affres de la solitude. Le jasmin
Et le myrte ont leurs larmes tari.

Retirons-nous, car le ruisseau fatigué a
Cessé de chanter ; les sources écumantes
Sont vidées de leurs pleurs torrentiels ; et
Les vieilles collines avisées ont rangé
Leurs parures bigarrées.

Viens, mon aimée ; car la Nature est lasse à présent
Et renonce à son entrain
Avec une mélodie calme et radieuse.

Hiver

Viens près de moi, ô compagne de ma vie entière ;
Viens près de moi et ne laissons pas l'Hiver
S'immiscer entre nous. Assieds-toi près de moi devant
[l'âtre,
Car le feu est le seul fruit de l'Hiver.

Parle-moi de la gloire de ton cœur, car
Elle est plus grande que les éléments qui hurlent
Derrière notre porte.
Verrouillons la porte et scellons les linteaux, car la
Colère des cieux abat mon
Esprit, et la surface de nos champs lourds de neige

Fait pleurer mon âme.

Alimente la lampe avec de l'huile, ne la laisse pas
[faiblir, et
Mets-la près de moi, ainsi pourrai-je lire avec des larmes
[ce que
Ta vie a écrit avec moi sur ton visage.
Apporte le vin de l'Automne. Buvons et chantons la
Chanson du souvenir des semailles insouciantes du
[Printemps,
Des soins attentifs de l'Été, et de la récompense
De la récolte de l'Automne.

Viens près de moi, ô bien-aimée de mon âme ; le
Feu refroidit et s'éclipse sous les cendres.
Embrasse-moi, car j'ai peur de la solitude ; la lampe est
Faible, et le vin que nous avons pressé ferme
Nos yeux. Regardons-nous avant
Qu'ils ne se closent.
Trouve-moi avec tes bras et embrasse-moi ; puis,
Que le sommeil étreigne nos âmes comme si elles n'en
formaient qu'une.
Embrasse-moi, ma bien-aimée, car l'Hiver a tout dérobé
Sauf nos lèvres pleines de vie.

Tu es près de moi, Mon Éternelle.
Comme l'océan du Sommeil sera vaste et profond ;
Et comme l'aube fut récente !

CHANSON DE LA VAGUE

Le rivage puissant est mon bien-aimé
Et je suis son amante.
Nous sommes enfin réunis par l'amour, et
Ensuite la lune me sépare de lui.
Je vais à lui en hâte et repars
À contrecœur, avec plein
De petits adieux.

Je pars rapidement de derrière
L'horizon bleu pour répandre l'argent de
Mon écume sur l'or de son sable, et
Nous nous mêlons dans l'éclat en fusion.

J'apaise sa soif et submerge son
Cœur ; il adoucit ma voix et soumet
Mon tempérament.
À l'aube je récite les règles de l'amour dans
Ses oreilles, et il m'embrasse avec ardeur.

Le soir je lui chante la chanson de
L'espoir, puis je dépose de doux baisers sur
Son visage ; je suis prompte et craintive, mais il
Est calme, patient et rêveur. Sa

Large poitrine apaise mon agitation.
Quand la marée arrive nous nous caressons,
Quand elle se retire, je me laisse tomber à ses pieds
En prière.

Maintes fois j'ai dansé autour des sirènes
Quand elles sortaient des profondeurs pour se reposer
Sur ma crête afin de contempler les étoiles ;
Maintes fois j'ai entendu les amants se plaindre
De leur petitesse, et je les ai aidés à soupirer.

Maintes fois j'ai taquiné les grands rochers
Et les ai caressés d'un sourire, mais je n'ai
Jamais reçu de rires de leur part ;
Maintes fois j'ai soulevé des âmes qui se noyaient
Et les ai portées tendrement vers mon rivage
Bien-aimé. Il leur donne sa force comme il
Prend la mienne.

Maintes fois j'ai volé des gemmes aux
Profondeurs et les ai présentées à mon rivage
Bien-aimé. Il prend en silence, mais je donne
Encore car il m'accueille toujours.

Dans la lourdeur de la nuit, quand toutes
Les créatures recherchent le fantôme du Sommeil, je
Me redresse, chantant un moment et soupirant
L'instant d'après. Je suis toujours en éveil.

Hélas ! L'insomnie m'a affaiblie !
Mais je suis une amante, et la vérité de l'amour
Est forte.
Je suis lasse, mais je ne mourrai jamais.

LE TERRAIN DE JEUX DE LA VIE

Une heure consacrée à la poursuite de la Beauté
Et de l'Amour vaut autant qu'un siècle entier de gloire
Accordée par le faible terrorisé au puissant.

Cette heure provient de la Vérité de l'homme ; et
Tout au long de ce siècle la Vérité dort entre
Les bras sans repos des rêves obsédants.

Pendant cette heure l'âme considère comme sienne
La Loi Naturelle ; et pendant ce siècle elle est
Emprisonnée par les lois de l'homme
Et entravée par les fers de l'oppression.

Cette heure fut l'inspiration des Chants
De Salomon, et ce siècle a été le pouvoir
Aveugle qui détruisit le temple de Baalbek.

Cette heure fut celle de la naissance du Sermon sur la
Montagne, et ce siècle a anéanti les châteaux de
Palmyre et la tour de Babylone.

Cette heure fut l'Hégire de Mahomet, et ce
Siècle a oublié Allah, le Golgotha et le Sinaï.

Une heure consacrée à s'affliger et à se lamenter sur
L'égalité dérobée au faible est plus noble qu'un
Siècle rempli par la cupidité et l'usurpation.

C'est pendant cette heure que le cœur est
Purifié par le chagrin ardent et
Irradié par la torche de l'Amour.
Et au cours de ce siècle, les aspirations à la Vérité
Sont ensevelies dans le sein de la terre.
Cette heure est la racine qui doit croître.
Cette heure est l'heure de la contemplation,
L'heure de la méditation, l'heure de
La prière et l'heure d'une nouvelle ère de bien.

Et ce siècle est une vie de despote entièrement consacrée
À ne s'enrichir que
De biens terrestres.

Telle est la vie.
Représentée sur scène pendant des générations ;
Enregistrée sur terre pendant des siècles ;
Vécue dans l'étrangeté pendant des années ;
Chantée comme un hymne pendant des jours ;
Et exaltée rien qu'une heure, mais
Cette heure est conservée par l'Éternité comme un joyau.

CHANSON DE LA CHANCE

L'homme et moi sommes fiancés.
Il m'implore et je le désire,
Mais hélas ! Entre nous est apparue
Une rivale qui nous apporte le malheur.
Elle est cruelle et exigeante,
Elle possède un leurre vide.
Son nom est Matière.
Elle nous suit où que nous allions
Et nous observe comme une sentinelle, apportant
L'inquiétude à mon amant.

J'appelle mon bien-aimé à travers la forêt,
Sous les arbres, près des lacs.
Je ne puis le trouver, car la Matière
L'a attiré dans la ville
Bruyante et l'a placé sur le trône
Des tremblantes richesses de métal.

Je l'appelle avec la voix
Du savoir et le chant de la Sagesse.
Il n'écoute pas, car la Matière
L'a attiré dans le donjon
De l'égoïsme, où réside la convoitise.

Je le cherche dans le champ de la Félicité,
Mais je suis seule, car ma rivale l'a
Emprisonné dans la caverne de la gourmandise
Et de l'avidité, et l'y a enfermé
Avec de douloureuses chaînes d'or.

Je l'appelle à l'aube, quand la Nature sourit,
Mais il n'entend pas, car l'excès a
Alourdi ses yeux drogués d'un sommeil malade.

Je le charme le soir, quand le Silence est maître
Et que les fleurs dorment. Mais il ne répond pas,
Car sa peur de ce que le lendemain
Apportera ombrage ses pensées.

Il brûle de l'envie de m'aimer ;
Il me réclame dans ses actes. Mais il
Ne me trouvera pas sinon dans les actes de Dieu.
Il me cherche dans les édifices de sa gloire
Qu'il a construits sur les ossements des autres ;
Il murmure vers moi depuis
Ses monceaux d'or et d'argent ;
Mais il ne me trouvera qu'en venant à
La maison de la Simplicité que Dieu a construite
Au bord de la rivière de la tendresse.

Il désire m'embrasser devant ses coffres,
Mais ses lèvres n'ont jamais touché les miennes sinon
Dans la richesse de la brise pure.

Il me demande de partager avec lui ses
Richesses fabuleuses, mais je ne renoncerai pas à la
[fortune
De Dieu ; je ne repousserai pas mon manteau de
[beauté.

Il a recours à la fourberie ; je ne recherche que
La voie de son cœur.
Il meurtrit son cœur dans sa cellule étroite ;
Je voudrais enrichir son cœur avec mon amour.

Mon bien-aimé m'a appris comment crier et
Pleurer vers mon ennemie, la Matière ; je voudrais
Lui apprendre comment verser les larmes de la tendresse
Et la pitié des yeux de son âme
Pour toutes choses,
Et émettre des soupirs de béatitude à travers
Ces larmes.

L'homme est mon fiancé ;
Je veux lui appartenir.

CHANSON DE LA PLUIE

Je suis des filaments pointillés que les dieux versent
Des cieux. La nature me prend alors, pour orner
Ses champs et ses vallées.

Je suis de belles perles, cueillies sur la
Couronne d'Ishtar par la fille de l'Aube
Pour embellir les jardins.

Quand je pleure les collines rient ;
Quand je me mortifie les fleurs se réjouissent ;
Quand je me penche, toutes les choses s'exaltent.

Le champ et le nuage sont des amants
Et entre eux je suis un messager de la grâce.
J'apaise la soif de l'un ;
Je guéris la maladie de l'autre.

La voix du tonnerre annonce mon arrivée ;
L'arc-en-ciel signifie mon départ.
Je suis comme la vie sur terre, qui commence
Aux pieds des éléments fous et s'achève
Sous les ailes étendues de la mort.
J'émerge du cœur de la mer et

M'élève avec la brise. Quand je vois un champ dans
Le besoin, je descends et j'embrasse les arbres et
Les fleurs en un million de petites gouttes.

Je touche gentiment les fenêtres de mes
Doigts mous, et l'annonce de mon arrivée est un
Chant de bienvenue. Tous peuvent entendre, mais seuls
Les sensibles peuvent comprendre.

La chaleur dans l'air me donne naissance,
Mais en retour je la tue,
Comme la femme triomphe de l'homme avec
La force qu'elle puise en lui.

Je suis le sanglot de la mer ;
Le rire du champ ;
Les larmes du ciel.

Mais avec amour –
Les sanglots de la profonde mer de la tendresse ;
Les rires du champ bariolé de l'âme ;
Les larmes du ciel infini des souvenirs.

LE POÈTE

C'est un lien entre ici et le monde à venir.
C'est
Une source pure à laquelle peuvent se désaltérer toutes
[les âmes assoiffées.

C'est un arbre irrigué par le Fleuve de la Beauté, qui
[porte
Un fruit que réclame le cœur affamé ;
C'est un rossignol, qui apaise par ses belles
Mélodies l'esprit découragé ;
C'est un nuage blanc qui apparaît au-dessus de l'horizon,
Qui monte et grandit jusqu'à recouvrir la surface du ciel.
Alors il tombe sur les fleurs dans le Champ de la Vie,
Ouvrant leurs pétales pour y laisser pénétrer la lumière.

C'est un ange, envoyé par la divinité pour
Prêcher l'évangile de Dieu ;
C'est une lampe brillante, que l'obscurité ne peut dompter
Et que le vent ne peut éteindre. Elle est remplie
D'huile par Ishtar déesse de l'Amour, et allumée par
Apollon dieu de la Musique.

C'est une forme solitaire, revêtue de simplicité et de
Bonté ; Il est assis sur le giron de la Nature pour y puiser
[son
Inspiration, et veille dans le silence de la nuit,
En attendant que descende l'esprit.

C'est un semeur qui plante les graines de son cœur dans
[les
Prairies de la tendresse, et l'humanité en récolte la
Moisson pour se nourrir.

C'est le poète – que le peuple ignore dans sa vie
Et qui n'est reconnu qu'après qu'il a dit adieu
Au monde terrestre et s'en est retourné à son arbre dans
[les cieux.

C'est le poète – qui ne demande rien d'autre à
L'humanité qu'un sourire.
C'est le poète – dont l'esprit s'élève et
Emplit le firmament de ses belles paroles ;
Malgré cela, le peuple refuse son rayonnement.

Jusqu'à quand le peuple restera-t-il endormi ?
Jusqu'à quand continuera-t-il de glorifier ceux
Qui attinrent la grandeur aux moments opportuns ?
Combien de temps ignorera-t-il ceux qui sont capables
De voir la beauté de leur âme,
Symbole de paix et d'amour ?
Jusqu'à quand les êtres humains honoreront-ils les morts
Et oublieront-ils les vivants, qui passent leurs vies
Dans la misère, et qui se consument
Comme des chandelles qui brûlent afin d'illuminer la voie
Pour les ignorants et les conduire sur le chemin de la
[lumière ?
Poète, tu es la vie de cette vie, et tu as
Triomphé des générations malgré leur sévérité.

Poète, un jour, tu gouverneras les cœurs,
Partant, ton royaume n'a pas de fin.

Poète, regarde bien ta couronne d'épines : tu y
Trouveras dissimulée une guirlande de lauriers qui
[bourgeonne.

CHANSON DE L'ÂME

Dans les tréfonds de mon âme il est
Une chanson muette – une chanson qui vit
Dans la graine de mon cœur.
Elle refuse de se fondre à l'encre sur
Le parchemin ; elle noie ma tendresse
Sous un voile transparent et flotte,
Mais pas sur mes lèvres.

Comment puis-je la murmurer ? Je crains qu'elle ne puisse
Se mêler à l'éther terrestre ;
À qui la chanterai-je ? Elle réside
Dans la demeure de mon âme, dans la crainte des
Oreilles bourrues.

Quand je regarde en moi
Je vois l'ombre de son ombre ;
Quand je touche le bout de mes doigts
Je sens ses vibrations.
Les gestes de mes mains veillent à sa
Présence comme un lac doit refléter
Les étoiles scintillantes ; mes larmes
La révèlent, comme des gouttes chatoyantes de rosée
Révèlent le secret d'une rose qui se flétrit.

C'est une chanson composée par la contemplation,
Révélée par le silence,
Fuie par la clameur,
Repliée par la vérité,
Répétée par les rêves,
Comprise par l'amour,
Cachée par le réveil
Et chantée par l'âme.

C'est la chanson de l'amour ;
Quel Caïn ou quel Ésaü pourrait la chanter ?

Elle est plus parfumée que le jasmin ;
Quelle voix pourrait l'asservir ?

C'est un lien du cœur, comme un secret de vierge ;
Quelle corde pourrait la faire frémir ?

Qui ose unir le mugissement de la mer
Au chant du rossignol ?
Qui ose comparer la tempête hurlante
Au soupir d'un enfant ?
Qui ose dire tout haut les mots
Que le cœur doit prononcer ?
Quel humain ose chanter
La chanson de Dieu ?

CHANSON DE LA FLEUR

Je suis un mot gentil dit et répété
Par la voix de la Nature ;
Je suis une étoile tombée de la
Tente bleue sur le tapis vert.
Je suis la fille des éléments
Avec lesquels l'Hiver a procréé ;
À qui le Printemps a donné naissance ; je fus
Érigée dans le giron de l'Été et je
Me suis endormie dans le lit de l'Automne.

À l'aube, je m'unis à la brise
Pour annoncer la venue de la lumière ;
Le soir, je rejoins les oiseaux
Dans leur salut à la lumière.

Les plaines sont ornées de
Mes belles couleurs, et l'air
Est embaumé par mon parfum.

Quand j'étreins le Soleil, les yeux de
La nuit me regardent, et quand je
M'éveille, je regarde le soleil, qui est
L'œil unique du jour.

Je bois la rosée comme du vin, je prête l'oreille
Aux voix des oiseaux et je danse
Sur le mouvement rythmé de l'herbe.

Je suis le cadeau de l'amant ; je suis la guirlande des
[noces ;
Je suis le souvenir d'un moment de bonheur ;
Je suis le dernier cadeau du vivant au mort ;
Je suis une part de joie et une part de chagrin.

Mais je regarde vers le haut pour ne voir que la lumière,
Et ne regarde jamais vers le bas pour voir mon ombre.
C'est une sagesse que l'homme devrait apprendre.

CHANSON DE L'AMOUR

Je suis les yeux de l'amant, le vin de
L'esprit et la nourriture du cœur.
Je suis une rose. Mon cœur s'ouvre à l'aube et
La vierge m'embrasse et me pose
Contre son sein.

Je suis la maison de la vraie chance,
L'origine du plaisir, et le commencement
De la paix et de la tranquillité. Je suis le sourire
Bon sur les lèvres de la beauté. Quand la jeunesse
Me rattrape elle oublie son labeur, et sa
Vie entière devient une réalité faite de doux rêves.

Je suis l'exaltation du poète,
La révélation de l'artiste
Et l'inspiration du musicien.

Je suis une châsse sacrée dans le cœur d'un
Enfant, adorée par une mère miséricordieuse.

J'apparais au moindre cri du cœur ; je fuis les suppliques ;
Ma plénitude poursuit les désirs du cœur ;
Il fuit la revendication dépourvue de voix.

Je suis apparu à Adam en Ève
Et l'exil fut son lot ;
Mais je me suis révélé à Salomon, et
Il puisa la Sagesse dans ma présence.

J'ai souris à Hélène et elle a détruit Troie ;
Mais j'ai couronné Cléopâtre et la paix a dominé
La Vallée du Nil.

Je suis comme les générations – bâtissant aujourd'hui
Et détruisant le lendemain ;
Je suis comme un dieu, qui crée et démolit ;
Je suis plus doux que le soupir d'une violette ;
Je suis plus violent qu'une tempête déchaînée.

Les cadeaux seuls ne me séduisent pas ;
La séparation ne me décourage pas ;
La pauvreté ne me chasse pas ;
La jalousie ne prouve pas ma vigilance ;
La folie ne témoigne pas de ma présence.

Ô vous qui cherchez, je suis la Vérité, implorant la
[Vérité ;
Et votre Vérité en me cherchant, en me recevant
Et en me protégeant déterminera mon
Comportement.

CHANSON DE L'HOMME

J'étais là dès le
Commencement, et je suis encore là. Et
Je resterai là jusqu'à la fin
Du monde, car il n'est pas
De fin à mon être en proie à la douleur.

J'ai arpenté le ciel infini, je
Me suis élevé dans le monde idéal, et j'ai
Flotté dans le firmament. Mais
Je suis là, prisonnier de la matière.

J'ai entendu les enseignements de Confucius ;
J'ai écouté la sagesse de Brahma ;
Je me suis assis à côté de Bouddha sous l'Arbre de la
[Connaissance.
Pourtant, je suis là, et mon existence est ignorance
Et hérésie.

J'étais sur le Sinaï quand Jéhovah approcha Moïse ;
J'ai vu les miracles du Nazaréen au Jourdain ;
J'étais à Médine quand Mahomet fut visité.
Pourtant, je suis là, prisonnier de la confusion.

Puis j'ai été témoin de la puissance de Babylone ;
J'ai appris la gloire de l'Égypte ;
J'ai vu la grandeur guerrière de Rome.
Pourtant, mes enseignements précédents m'ont montré la
Faiblesse et la douleur de ces réalisations.

J'ai conversé avec les magiciens d'Ain Dour ;
J'ai débattu avec les prêtres d'Assyrie ;
J'ai sondé la profondeur des prophètes de Palestine.
Pourtant, je recherche toujours la vérité.

J'ai recueilli la sagesse de l'Inde sereine ;
J'ai exploré les antiquités de l'Arabie ;
J'ai entendu tout ce qui peut être entendu.
Pourtant, mon cœur est sourd et aveugle.

J'ai souffert des mains des souverains despotiques ;
J'ai souffert l'esclavage des envahisseurs fous ;
J'ai souffert la faim imposée par la tyrannie ;
Pourtant, je possède encore un pouvoir intérieur
Avec lequel je lutte pour aborder chaque journée.

Mon esprit est rempli, mais mon cœur est vide ;
Mon corps est vieux, mais mon cœur est un enfant.
Peut-être mon cœur rajeunira-t-il, mais je
Prie pour vieillir et atteindre l'heure de
Mon retour vers Dieu. Alors seulement mon cœur se
[remplira !

J'étais là dès le
Commencement, et je suis encore là. Et
Je resterai là jusqu'à la fin
Du monde, car il n'est pas
De fin à mon être en proie à la douleur.

Table

DU MÊME AUTEUR

Le Prophète

Casterman, 1972
« Points Sagesses », n°47
« Folio Classique », n°2335
Le Rocher, 1993
Mille et une nuits, 1994
Chêne, 1994
Albin Michel, 1991, 1996
La Renaissance du livre, 1999, 2008
Al-Bouraq, 1999
Sindbad, 2001
Dervy, 2002
Actes Sud, « Babel » n°661
Alphée, 2005
« J'ai Lu », n°4053
« Librio », n°185
« Le Livre de poche », n°9685
Evergreen, 2008

Le Jardin du prophète

Casterman, 1979
« Points Sagesses », n°47
Al-Bouraq, 1999
Mille et une nuits, 2000
Dervy, 2004

La Voix de l'éternelle sagesse

Dangles, 1990
« J'ai Lu », n°3651
Librio n°794, 2006

L'Œil du prophète

Albin Michel, 1991

Le Sable et l'écume

Albin Michel, 1991
Al-Bouraq, 1999
Mille et une nuits, 2001

Jésus, fils de l'homme

Albin Michel, 1995
Al-Bouraq, 1999
Mille et une nuits, 2008

Le Livre des processions

Albin Michel, 1996
Arfuyen, 1998
Mille et une nuits, 2000

Le Fou

Mille et une nuits, 1996
Al-Bouraq, 1999

Paroles

Al-Bouraq, 1998

L'Aveugle

Al-Bouraq, 1999

Lazare et sa bien-aimée

Al-Bouraq, 1999

Les Enfants du prophète

Al-Bouraq, 1999

L'Errant

Mille et une nuits, 1999

Khalil l'hérétique

La Part commune, 2000

Le Précurseur

Al-Bouraq, 1999
Mille et une nuits, 2000

Esprits rebelles

Sindbad, 2000
Mille et une nuits, 2001

Mon Liban

La Part commune, 2000
Mille et une nuits, 2004

Les Dieux de la terre

La part commune, 2000
Mille et une nuits, 2004

Les Ailes brisées, *suivi de* Satan

Sindbad, 2001
Al-Bouraq, 2002
Mille et une nuits, 2004

Rires et larmes

Mille et une nuits, 2002

Chants de l'âme et du cœur

La Part commune, 2002

Lorsque l'amour vous fait signe… suivez-le

Lattès, 2003

Le Prophète – Le Jardin du Prophète –
La mort du prophète

La Part commune, 2004

Les Cendres du temps et le feu éternel

Mille et une nuits, 2005

Orages

Carnot, 2005
Presses de la Renaissance, 2007

Je veille sur ton bonheur : correspondances

Al-bouraq, 2005

Lettres d'amour

La Part commune, 2006

Œuvres complètes

Robert Laffont, « Bouquins », 2006

RÉALISATION : IGS-CP A L'ISLE-D'ESPAGNAC
IMPRESSION : NORMANDIE ROTO IMPRESSION S.A.S. À LONRAI
DÉPÔT LÉGAL : OCTOBRE 2008. N° 98255-5 (1803295)
IMPRIMÉ EN FRANCE

Collection Points Poésie

P1446. Œuvre poétique, *Léopold Sédar Senghor*
P1447. Cadastre, *suivi de* Moi, laminaire…, *Aimé Césaire*
P1448. La Terre vaine et autres poèmes, *Thomas Stearns Eliot*
P1449. Le Reste du voyage et autres poèmes, *Bernard Noël*
P1450. Haïkus, *anthologie*
P1466. Élégies de Duino *suivi de* Sonnets à Orphée
Rainer Maria Rilke
P1467. Rilke, *Philippe Jaccottet*
P1502. Mexico City Blues, *Jack Kerouac*
P1503. Poésie verticale, *Roberto Juarroz*
P1572. Renverse du souffle, *Paul Celan*
P1573. Pour un tombeau d'Anatole, *Stéphane Mallarmé*
P1574. 95 poèmes, *E. E. Cummings*
P1615. Clair-obscur, *Jean Cocteau*
P1651. Poèmes païens de Alberto Caeiro et Ricardo Reis
Fernando Pessoa
P1652. La Rose de personne, *Paul Celan*
P1653. Caisse claire, poèmes 1990-1997, *Antoine Emaz*
P1664. Le Dehors et le dedans, *Nicolas Bouvier*
P1665. Partition rouge
poèmes et chants des indiens d'Amérique du Nord
Jacques Roubaud, Florence Delay
P1709. Les Pierres du temps et autres poèmes, *Tahar Ben Jelloun*
P1710. René Char, *Éric Marty*
P1773. Asphodèle suivi de Tableaux d'après Bruegel
William Carlos Williams
P1774. Poésie espagnole 1945-1990 (anthologie)
Claude de Frayssinet
P1791. Poèmes et proses, *Gerard Manley Hopkins*
P1792. Lieu-dit l'éternité, poèmes choisis, *Emily Dickinson*
P1871. Romancero gitan, *Federico García Lorca*
P1872. La Vitesse foudroyante du passé, *Raymond Carver*
P1873. Ferrements et autres poèmes, *Aimé Césaire*
P1876. À poèmes ouverts, *Anthologie Printemps des poètes*
P1881. Grille de parole, *Paul Celan*
P1882. Nouveaux poèmes *suivi de* Requiem, *Rainer Maria Rilke*
P1923. Ce monde est mon partage et celui du démon
Dylan Thomas
P1928. Anthologie de poésie érotique, *Jean-Paul Goujon (dir.)*
P1999. Poésies libres, *Guillaume Apollinaire*
P2009. De l'aube au crépuscule, *Rabindranath Tagore*

Collection Points

DERNIERS TITRES PARUS

P1622. Les Douze Abbés de Challant, *Laura Mancinelli*
P1623. Un monde vacillant, *Cynthia Ozick*
P1624. Les Jouets vivants, *Jean-Yves Cendrey*
P1625. Le Livre noir de la condition des femmes
Christine Ockrent (dir.)
P1626. Comme deux frères, *Jean-François Kahn et Axel Kahn*
P1627. Equador, *Miguel Sousa Tavares*
P1628. Du côté où se lève le soleil, *Anne-Sophie Jacouty*
P1629. L'Affaire Hamilton, *Michelle De Kretser*
P1630. Une passion indienne, *Javier Moro*
P1631. La Cité des amants perdus, *Nadeem Aslam*
P1632. Rumeurs de haine, *Taslima Nasreen*
P1633. Le Chromosome de Calcutta, *Amitav Ghosh*
P1634. Show business, *Shashi Tharoor*
P1635. La Fille de l'arnaqueur, *Ed Dee*
P1636. En plein vol, *Jan Burke*
P1637. Retour à la Grande Ombre, *Hakan Nesser*
P1638. Wren. Les Descendants de Merlin I, *Irene Radford*
P1639. Petit manuel de savoir-vivre à l'usage des enseignants
Boris Seguin, Frédéric Teillard
P1640. Les Voleurs d'écritures *suivi de* Les Tireurs d'étoiles
Azouz Begag
P1641. L'Empreinte des dieux. Le Cycle de Mithra I
Rachel Tanner
P1642. Enchantement, *Orson Scott Card*
P1643. Les Fantômes d'Ombria, *Patricia A. McKillip*
P1644. La Main d'argent. Le Chant d'Albion II
Stephen Lawhead
P1645. La Quête de Nifft-le-mince, *Michael Shea*
P1646. La Forêt d'Iscambe, *Christian Charrière*
P1647. La Mort du Nécromant, *Martha Wells*
P1648. Si la gauche savait, *Michel Rocard*
P1649. Misère de la Ve République, *Bastien François*
P1650. Photographies de personnalités politiques
Raymond Depardon
P1651. Poèmes païens de Alberto Caeiro et Ricardo Reis
Fernando Pessoa
P1652. La Rose de personne, *Paul Celan*
P1653. Caisse claire, poèmes 1990-1997, *Antoine Emaz*
P1654. La Bibliothèque du géographe, *Jon Fasman*
P1655. Parloir, *Christian Giudicelli*
P1656. Poils de Cairote, *Paul Fournel*

P1657. Palimpseste, *Gore Vidal*
P1658. L'Épouse hollandaise, *Eric McCormack*
P1659. Ménage à quatre, *Manuel Vázquez Montalbán*
P1660. Milenio, *Manuel Vázquez Montalbán*
P1661. Le Meilleur de nos fils, *Donna Leon*
P1662. Adios Hemingway, *Leonardo Padura*
P1663. L'avenir c'est du passé, *Lucas Fournier*
P1664. Le Dehors et le Dedans, *Nicolas Bouvier*
P1665. Partition rouge.
Poèmes et chants des indiens d'Amérique du Nord
Jacques Roubaud, Florence Delay
P1666. Un désir fou de danser, *Elie Wiesel*
P1667. Lenz, *Georg Büchner*
P1668. Resmiranda. Les Descendants de Merlin II
Irene Radford
P1669. Le Glaive de Mithra. Le Cycle de Mithra II
Rachel Tanner
P1670. Phénix vert. Trilogie du Latium I, *Thomas B. Swann*
P1671. Essences et parfums, *Anny Duperey*
P1672. Naissances, *Collectif*
P1673. L'Évangile une parole invincible, *Guy Gilbert*
P1674. L'Époux divin, *Francisco Goldman*
P1675. La Comtesse de Pimbêche
et autres étymologies curieuses
Pierre Larousse
P1676. Les Mots qui me font rire
et autres cocasseries de la langue française
Jean-Loup Chiflet
P1677. Les carottes sont jetées.
Quand les expressions perdent la boule
Olivier Marchon
P1678. Le Retour du professeur de danse, *Henning Mankell*
P1679. Romanzo Criminale, *Giancarlo de Cataldo*
P1680. Ciel de sang, *Steve Hamilton*
P1681. Ultime Témoin, *Jilliane Hoffman*
P1682. Los Angeles, *Peter Moore Smith*
P1683. Encore une journée pourrie
ou 365 bonnes raisons de rester couché, *Pierre Enckell*
P1684. Chroniques de la haine ordinaire 2, *Pierre Desproges*
P1685. Desproges, portrait, *Marie-Ange Guillaume*
P1686. Les Amuse-Bush, *Collectif*
P1687. Mon valet et moi, *Hervé Guibert*
P1688. T'es pas mort !, *Antonio Skármeta*
P1689. En la forêt de Longue Attente.
Le roman de Charles d'Orléans, *Hella S. Haasse*
P1690. La Défense Lincoln, *Michael Connelly*
P1691. Flic à Bangkok, *Patrick Delachaux*

P1692. L'Empreinte du renard, *Moussa Konaté*
P1693. Les fleurs meurent aussi, *Lawrence Block*
P1694. L'Ultime Sacrilège, *Jérôme Bellay*
P1695. Engrenages, *Christopher Wakling*
P1696. La Sœur de Mozart, *Rita Charbonnier*
P1697. La Science du baiser, *Patrick Besson*
P1698. La Domination du monde, *Denis Robert*
P1699. Minnie, une affaire classée, *Hans Werner Kettenbach*
P1700. Dans l'ombre du Condor, *Jean-Paul Delfino*
P1701. Le Nœud sans fin. Le Chant d'Albion III
Stephen Lawhead
P1702. Le Feu primordial, *Martha Wells*
P1703. Le Très Corruptible Mandarin, *Qiu Xiaolong*
P1704. Dexter revient !, *Jeff Lindsay*
P1705. Vous plaisantez, monsieur Tanner, *Jean-Paul Dubois*
P1706. À Garonne, *Philippe Delerm*
P1707. Pieux mensonges, *Maile Meloy*
P1708. Chercher le vent, *Guillaume Vigneault*
P1709. Les Pierres du temps et autres poèmes, *Tahar Ben Jelloun*
P1710. René Char, *Éric Marty*
P1711. Les Dépossédés, *Robert McLiam Wilson et Donovan Wylie*
P1712. Bob Dylan à la croisée des chemins. Like a Rolling Stone
Greil Marcus
P1713. Comme une chanson dans la nuit
suivi de Je marche au bras du temps, *Alain Rémond*
P1714. Où les borgnes sont rois, *Jess Walter*
P1715. Un homme dans la poche, *Aurélie Filippetti*
P1716. Prenez soin du chien, *J.M. Erre*
P1717. La Photo, *Marie Desplechin*
P1718. À ta place, *Karine Reysset*
P1719. Je pense à toi tous les jours, *Hélèna Villovitch*
P1720. Si petites devant ta face, *Anne Brochet*
P1721. Ils s'en allaient faire des enfants ailleurs
Marie-Ange Guillaume
P1722. Le Jugement de Léa, *Laurence Tardieu*
P1723. Tibet or not Tibet, *Péma Dordjé*
P1724. La Malédiction des ancêtres, *Kirk Mitchell*
P1725. Le Tableau de l'apothicaire, *Adrian Mathews*
P1726. Out, *Natsuo Kirino*
P1727. La Faille de Kaïber. Le Cycle des Ombres I
Mathieu Gaborit
P1728. Griffin. Les Descendants de Merlin III, *Irene Radford*
P1729. Le Peuple de la mer. Le Cycle du Latium II
Thomas B. Swann
P1730. Sexe, mensonges et Hollywood, *Peter Biskind*
P1731. Qu'avez-vous fait de la révolution sexuelle ?
Marcela Iacub

P1732. Persée, prince de la lumière. Le Châtiment des dieux III
François Rachline
P1733. Bleu de Sèvres, *Jean-Paul Desprat*
P1734. Julius et Isaac, *Patrick Besson*
P1735. Une petite légende dorée, *Adrien Goetz*
P1736. Le Silence de Loreleï, *Carolyn Parkhurst*
P1737. Déposition, *Leon Werth*
P1738. La Vie comme à Lausanne, *Erik Orsenna*
P1739. L'Amour, toujours !, *Abbé Pierre*
P1740. Henri ou Henry, *Didier Decoin*
P1741. Mangez-moi, *Agnès Desarthe*
P1742. Mémoires de porc-épic, *Alain Mabanckou*
P1743. Charles, *Jean-Michel Béquié*
P1744. Air conditionné, *Marc Vilrouge*
P1745. L'Homme qui apprenait lentement, *Thomas Pynchon*
P1746. Extrêmement fort et incroyablement près
Jonathan Safran Foer
P1747. La Vie rêvée de Sukhanov, *Olga Grushin*
P1748. Le Retour du Hooligan, *Norman Manea*
P1749. L'Apartheid scolaire, *G. Fellouzis & Cie*
P1750. La Montagne de l'âme, *Gao Xingjian*
P1751. Les Grands Mots du professeur Rollin
Panacée, ribouldingue et autres mots à sauver
Le Professeur Rollin
P1752. Dans les bras de Morphée
Histoire des expressions nées de la mythologie
Isabelle Korda
P1753. Parlez-vous la langue de bois ?
Petit traité de manipulation à l'usage des innocents
Martine Chosson
P1754. Je te retrouverai, *John Irving*
P1755. L'Amant en culottes courtes, *Alain Fleischer*
P1756. Billy the Kid, *Michael Ondaatje*
P1757. Le Fou de Printzberg, *Stéphane Héaume*
P1758. La Paresseuse, *Patrick Besson*
P1759. Bleu blanc vert, *Maïssa Bey*
P1760. L'Été du sureau, *Marie Chaix*
P1761. Chroniques du crime, *Michael Connelly*
P1762. Le croque-mort enfonce le clou, *Tim Cockey*
P1763. La Ligne de flottaison, *Jean Hatzfeld*
P1764. Le Mas des alouettes, Il était une fois en Arménie
Antonia Arslan
P1765. L'Œuvre des mers, *Eugène Nicole*
P1766. Les Cendres de la colère. Le Cycle des Ombres II
Mathieu Gaborit
P1767. La Dame des abeilles. Le Cycle du latium III
Thomas B. Swann

P1768. L'Ennemi intime, *Patrick Rotman*
P1769. Nos enfants nous haïront
Denis Jeambar & Jacqueline Remy
P1770. Ma guerre contre la guerre au terrorisme
Terry Jones
P1771. Quand Al-Quaïda parle, *Farhad Khosrokhavar*
P1772. Les Armes secrètes de la C.I.A., *Gordon Thomas*
P1773. Asphodèle, *suivi de* Tableaux d'après Bruegel
William Carlos Williams
P1774. Poésie espagnole 1945-1990 (anthologie)
Claude de Frayssinet
P1775. Mensonges sur le divan, *Irvin D. Yalom*
P1776. Le Sortilège de la dague. Le Cycle de Deverry I
Katharine Kerr
P1777. La Tour de guet *suivi des* Danseurs d'Arun.
Les Chroniques de Tornor I, *Elisabeth Lynn*
P1778. La Fille du Nord, Les Chroniques de Tornor II
Elisabeth Lynn
P1779. L'Amour humain, *Andreï Makine*
P1780. Viol, une histoire d'amour, *Joyce Carol Oates*
P1781. La Vengeance de David, *Hans Werner Kettenbach*
P1782. Le Club des conspirateurs, *Jonathan Kellerman*
P1783. Sanglants trophées, *C.J. Box*
P1784. Une ordure, *Irvine Welsh*
P1785. Owen Noone et Marauder, *Douglas Cowie*
P1786. L'Autre Vie de Brian, *Graham Parker*
P1787. Triksta, *Nick Cohn*
P1788. Une histoire politique du journalisme
Géraldine Muhlmann
P1789. Les Faiseurs de pluie.
L'histoire et l'impact futur du changement climatique
Tim Flannery
P1790. La Plus Belle Histoire de l'amour, *Dominique Simonnet*
P1791. Poèmes et proses, *Gerard Manley Hopkins*
P1792. Lieu-dit l'éternité, poèmes choisis, *Emily Dickinson*
P1793. La Couleur bleue, *Jörg Kastner*
P1794. Le Secret de l'imam bleu, *Bernard Besson*
P1795. Tant que les arbres s'enracineront
dans la terre et autres poèmes, *Alain Mabanckou*
P1796. Cité de Dieu, *E.L. Doctorow*
P1797. Le Script, *Rick Moody*
P1798. Raga, approche du continent invisible, *J.M.G. Le Clézio*
P1799. Katerina, *Aharon Appefeld*
P1800. Une opérette à Ravensbrück, *Germaine Tillion*
P1801. Une presse sans Gutenberg,
Pourquoi Internet a révolutionné le journalisme
Bruno Patino et Jean-François Fogel

P1802. Arabesques. L'aventure de la langue en Occident
Henriette Walter et Bassam Baraké
P1803. L'Art de la ponctuation. Le point, la virgule
et autres signes fort utiles
Olivier Houdart et Sylvie Prioul
P1804. À mots découverts. Chroniques au fil de l'actualité
Alain Rey
P1805. L'Amante du pharaon, *Naguib Mahfouz*
P1806. Contes de la rose pourpre, *Michel Faber*
P1807. La Lucidité, *José Saramago*
P1808. Fleurs de Chine, *Wei-Wei*
P1809. L'Homme ralenti, *J.M. Coetzee*
P1810. Rêveurs et nageurs, *Denis Grozdanovitch*
P1811. - 30°, *Donald Harstad*
P1812. Le Second Empire. Les Monarchies divines IV
Paul Kearney
P1813. Été machine, *John Crowley*
P1814. Ils sont votre épouvante, et vous êtes leur crainte
Thierry Jonquet
P1815. Paperboy, *Pete Dexter*
P1816. Bad city blues, *Tim Willocks*
P1817. Le Vautour, *Gil Scott Heron*
P1818. La Peur des bêtes, *Enrique Serna*
P1819. Accessible à certaine mélancolie, *Patrick Besson*
P1820. Le Diable de Milan, *Martin Suter*
P1821. Funny Money, *James Swain*
P1822. J'ai tué Kennedy ou les mémoires d'un garde du corps
Manuel Vázquez Montalbán
P1823. Assassinat à Prado del Rey et autres histoires sordides
Manuel Vázquez Montalbán
P1824. Laissez entrer les idiots. Témoignage d'un autiste
Kamran Nazeer
P1825. Patients si vous saviez, *Christian Lehmann*
P1826. La Société cancérigène
Geneviève Barbier et Armand Farrachi
P1827. La Mort dans le sang, *Joshua Spanogle*
P1828. Une âme de trop, *Brigitte Aubert*
P1829. Non, ce pays n'est pas pour le vieil homme
Cormack Mc Carthy
P1830. La Psy, *Jonathan Kellerman*
P1831. La Voix, *Arnaldur Indridason*
P1832. Les Nouvelles Enquêtes du juge Ti, vol. 4
Petits meurtres entre moines, *Frédéric Lenormand*
P1833. Les Nouvelles Enquêtes du juge Ti, vol. 5
Madame Ti mène l'enquête, *Frédéric Lenormand*
P1834. La Mémoire courte, *Louis-Ferdinand Despreez*
P1835. Les Morts du Karst, *Veit Heinichen*

P1836. Un doux parfum de mort, *Guillermo Arriaga*
P1837. Bienvenue en enfer, *Clarence L. Cooper*
P1838. Le Roi des fourmis, *Charles Higson*
P1839. La Dernière Arme, *Philip Le Roy*
P1840. Désaxé, *Marcus Sakey*
P1841. Opération vautour, *Stephen W. Frey*
P1842. Éloge du gaucher, *Jean-Paul Dubois*
P1843. Le Livre d'un homme seul, *Gao Xingjian*
P1844. La Glace, *Vladimir Sorokine*
P1845. Je voudrais tant revenir, *Yves Simon*
P1846. Au cœur de ce pays, *J.M. Coetzee*
P1847. La Main blessée, *Patrick Grainville*
P1848. Promenades anglaises, *Christine Jordis*
P1849. Scandale et folies.
Neuf récits du monde où nous sommes, *Gérard Mordillat*
P1850. Un mouton dans la baignoire, *Azouz Begag*
P1851. Rescapée, *Fiona Kidman*
P1852. Le Sortilège de l'ombre. Le Cycle de Deverry II
Katharine Kerr
P1853. Comment aiment les femmes. Du désir et des hommes
Maryse Vaillant
P1854. Courrier du corps. Nouvelles voies de l'anti-gymnastique
Thérèse Bertherat
P1855. Restez zen. La méthode du chat, *Henri Brunel*
P1856. Le Jardin de ciment, *Ian McEwan*
P1857. L'Obsédé (L'Amateur), *John Fowles*
P1858. Moustiques, *William Faulkner*
P1859. Givre et sang, *John Cowper Powys*
P1860. Le Bon Vieux et la Belle Enfant, *Italo Svevo*
P1861. Le Mystère Tex Avery, *Robert Benayoun*
P1862. La Vie aux aguets, *William Boyd*
P1863. L'amour est une chose étrange, *Joseph Connolly*
P1864. Mossad, les nouveaux défis, *Gordon Thomas*
P1865. 1968, Une année autour du monde, *Raymond Depardon*
P1866. Les Maoïstes, *Christophe Bourseiller*
P1867. Floraison sauvage, *Aharon Appelfeld*
P1868. Et il y eut un matin, *Sayed Kashua*
P1869. 1000 mots d'esprit, *Claude Gagnière*
P1870. Le Petit Grozda. Les merveilles oubliées du Littré
Denis Grozdanovitch
P1871. Romancero gitan, *Federico García Lorca*
P1872. La Vitesse foudroyante du passé, *Raymond Carver*
P1873. Ferrements et autres poèmes, *Aimé Césaire*
P1874. La Force qui nous manque, *Eva Joly*
P1875. Enfants des morts, *Elfriede Jelinek*
P1876. À poèmes ouverts, *Anthologie Printemps des poètes*
P1877. Le Peintre de batailles, *Arturo Pérez-Reverte*

P1878. La Fille du Cannibale, *Rosa Montero*
P1879. Blue Angel, *Francine Prose*
P1880. L'Armée du salut, *Abdellah Taïa*
P1881. Grille de parole, *Paul Celan*
P1882. Nouveaux poèmes *suivi de* Requiem, *Rainer Maria Rilke*
P1883. Dissimulation de preuves, *Donna Leon*
P1884. Une erreur judiciaire, *Anne Holt*
P1885. Honteuse, *Karin Alvtegen*
P1886. La Mort du privé, *Michael Koryta*
P1887. Tea-Bag, *Henning Mankell*
P1888. Le Royaume des ombres, *Alan Furst*
P1889. Fenêtres de Manhattan, *Antonio Muñoz Molina*
P1890. Tu chercheras mon visage, *John Updike*
P1891. Fonds de tiroir, *Pierre Desproges*
P1892. Desproges est vivant, *Pierre Desproges*
P1893. Les Vaisseaux de l'ouest. Les Monarchies divines V
Paul Kearney
P1894. Le Quadrille des assassins. La Trilogie Morgenstern I
Hervé Jubert
P1895. Un tango du diable. La Trilogie Morgenstern II
Hervé Jubert
P1896. La Ligue des héros. Le Cycle de Kraven I
Xavier Mauméjean
P1897. Train perdu, wagon mort, *Jean-Bernard Pouy*
P1898. Cantique des gisants, *Laurent Martin*
P1899. La Nuit de l'abîme, *Juris Jurjevics*
P1900. Tango, *Elsa Osorio*
P1901. Julien, *Gore Vidal*
P1902. La Belle Vie, *Jay McInerney*
P1903. La Baïne, *Eric Holder*
P1904. Livre des chroniques III, *António Lobo Antunes*
P1905. Ce que je sais (Mémoires 1), *Charles Pasqua*
P1906. La Moitié de l'âme, *Carme Riera*
P1907. Drama city, *George P. Pelecanos*
P1908. Le Marin de Dublin, *Hugo Hamilton*
P1909. La Mère des chagrins, *Richard McCann*
P1910. Des louves, *Fabienne Jacob*
P1911. La Maîtresse en maillot de bain. Quatre récits d'enfance
Yasmina Khadra, Paul Fournel,
Dominique Sylvain et Marc Villard
P1912. Un si gentil petit garçon, *Jean-Loup Chiflet*
P1913. Saveurs assassines. Les Enquêtes de Miss Lalli
Kalpana Swaminathan
P1914. La Quatrième Plaie, *Patrick Bard*
P1915. Mon sang retombera sur vous, *Aldo Moro*
P1916. On ne naît pas Noir, on le devient
Jean-Louis Sagot-Duvauroux

P1917. La Religieuse de Madrigal, *Michel del Castillo*
P1918. Les Princes de Francalanza, *Federico de Roberto*
P1919. Le Conte du ventriloque, *Pauline Melville*
P1920. Nouvelles chroniques au fil de l'actualité.
Encore des mots à découvrir, *Alain Rey*
P1921. Le mot qui fait mouche. Dictionnaire amusant
et instructif des phrases les plus célèbres de l'histoire
Gilles Henry
P1922. Les Pierres sauvages, *Fernand Pouillon*
P1923. Ce monde est mon partage et celui du démon
Dylan Thomas
P1924. Bright Lights, Big City, *Jay McInerney*
P1925. À la merci d'un courant violent, *Henry Roth*
P1926. Un rocher sur l'Hudson, *Henry Roth*
P1927. L'amour fait mal, *William Boyd*
P1928. Anthologie de poésie érotique, *Jean-Paul Goujon (dir.)*
P1929. Hommes entre eux, *Jean-Paul Dubois*
P1930. Ouest, *François Vallejo*
P1931. La Vie secrète de E. Robert Pendleton, *Michael Collins*
P1932. Dara, *Patrick Besson*
P1933. Le Livre pour enfants, *Christophe Honoré*
P1934. La Méthode Schopenhauer, *Irvin D. Yalom*
P1935. Echo Park, *Michael Connelly*
P1936. Les Rescapés du Styx, *Jane Urquhart*
P1937. L'Immense Obscurité de la mort, *Massimo Carlotto*
P1938. Hackman blues, *Ken Bruen*
P1939. De soie et de sang, *Qiu Xiaolong*
P1940. Les Thermes, *Manuel Vázquez Montalbán*
P1941. Femme qui tombe du ciel, *Kirk Mitchell*
P1942. Passé parfait, *Leonardo Padura*
P1943. Contes barbares, *Craig Russell*
P1944. La Mort à nu, *Simon Beckett*
P1945. La Nuit de l'infamie, *Michael Cox*
P1946. Les Dames de nage, *Bernard Giraudeau*
P1947. Les Aventures de Minette Accentiévitch
Vladan Matijeviç
P1948. Jours de juin, *Julia Glass*
P1949. Les Petits Hommes verts, *Christopher Buckley*
P1950. Dictionnaire des destins brisés du rock
Bruno de Stabenrath
P1951. L'Ère des dragons. Le Cycle de Kraven II
Xavier Mauméjean
P1952. Sabbat Samba. La Trilogie Morgenstern III
Hervé Jubert
P1953. Pour le meilleur et pour l'empire, *James Hawes*
P1954. Doctor Mukti, *Will Self*
P1955. Comme un père, *Laurence Tardieu*

P1956. Sa petite chérie, *Colombe Schneck*
P1957. Tigres et tigresses. Histoire intime des couples présidentiels sous la Ve République, *Christine Clerc*
P1958. Le Nouvel Hollywood, *Peter Biskind*
P1959. Le Tueur en pantoufles, *Frédéric Dard*
P1960. On demande un cadavre, *Frédéric Dard*
P1961. La Grande Friture, *Frédéric Dard*
P1962. Carnets de naufrage, *Guillaume Vigneault*
P1963. Jack l'éventreur démasqué, *Sophie Herfort*
P1964. Chicago banlieue sud, *Sara Paretsky*
P1965. L'Illusion du péché, *Alexandra Marinina*
P1966. Viscéral, *Rachid Djaïdani*
P1967. La Petite Arabe, *Alicia Erian*
P1968. Pampa, *Pierre Kalfon*
P1969. Les Cathares. Brève histoire d'un mythe vivant *Henri Gougaud*
P1970. Le Garçon et la Mer, *Kirsty Gunn*
P1971. L'Heure verte, *Frederic Tuten*
P1972. Le Chant des sables, *Brigitte Aubert*
P1973. La Statue du commandeur, *Patrick Besson*
P1974. Mais qui est cette personne allongée dans le lit à côté de moi ?, *Alec Steiner*
P1975. À l'abri de rien, *Olivier Adam*
P1976. Le Cimetière des poupées, *Mazarine Pingeot*
P1977. Le Dernier Frère, *Nathacha Appanah*
P1978. La Robe, *Robert Alexis*
P1979. Le Goût de la mère, *Edward St Aubyn*
P1980. Arlington Park, *Rachel Cusk*
P1981. Un acte d'amour, *James Meek*
P1982. Karoo boy, *Troy Blacklaws*
P1983. Toutes ces vies qu'on abandonne, *Virginie Ollagnier*
P1984. Un peu d'espoir. La trilogie Patrick Melrose *Edward St Aubyn*
P1985. Ces femmes qui nous gouvernent, *Christine Ockrent*
P1986. Shakespeare, la biographie, *Peter Ackroyd*
P1987. La Double Vie de Virginia Woolf *Geneviève Brisac, Agnès Desarthe*
P1988. Double homicide, *Faye et Jonathan Kellerman*
P1989. La Couleur du deuil, *Ravi Shankar Etteth*
P1990. Le Mur du silence, *Hakan Nesser*
P1991. Mason & Dixon, *Thomas Pynchon*
P1992. Allumer le chat, *Barbara Constantine*
P1993. La Stratégie des antilopes, *Jean Hatzfeld*
P1994. Mauricio ou les Élections sentimentales *Eduardo Mendoza*
P1995. La Zone d'inconfort. Une histoire personnelle *Jonathan Franzen*

P1996. Un goût de rouille et d'os, *Craig Davidson*
P1997. La Porte des larmes. Retour vers l'Abyssinie
Jean-Claude Guillebaud, Raymond Depardon
P1998. Le Baiser d'Isabelle.
L'aventure de la première greffe du visage
Noëlle Châtelet
P1999. Poésies libres, *Guillaume Apollinaire*
P2000. Ma grand-mère avait les mêmes.
Les dessous affriolants des petites phrases
Philippe Delerm
P2001. Le Français dans tous les sens, *Henriette Walter*
P2002. Bonobo, gazelle & Cie, *Henriette Walter, Pierre Avenas*
P2003. Noir corbeau, *Joel Rose*
P2004. Coupable, *Davis Hosp*
P2005. Une canne à pêche pour mon grand-père, *Gao Xingjian*
P2006. Le Clocher de Kaliazine, Études et miniatures
Alexandre Soljenitsyne
P2007. Rêveurs, *Knut Hamsun*
P2008. Pelures d'oignon, *Günter Grass*
P2009. De l'aube au crépuscule, *Rabindranath Tagore*
P2010. Les Sept Solitudes de Lorsa Lopez, *Sony Labou Tansi*
P2011. La Première Femme, *Nedim Gürsel*
P2012. Proses éparses, *Robert Musil*
P2013. L'Aïeul, *Aris Fakinos*
P2014. Les Exagérés, *Jean-François Vilar*
P2015. Le Pic du Diable, *Deon Meyer*
P2016. Le Temps de la sorcière, *Arni Thorarinsson*
P2017. Écrivain en 10 leçons, *Philippe Ségur*
P2018. L'Assassinat de Jesse James par le lâche Robert Ford
Ron Hansen
P2019. Tu crois que c'est à moi de rappeler ?
Transports parisiens 2, *Alec Steiner*
P2020. À la recherche de Klingsor, *Jorge Volpi*
P2021. Une saison ardente, *Richard Ford*
P2022. Un sport et un passe-temps, *James Salter*
P2023. Eux, *Joyce Carol Oates*
P2024. Mère disparue, *Joyce Carol Oates*
P2025. La Mélopée de l'ail paradisiaque, *Mo Yan*
P2026. Un bonheur parfait, *James Salter*
P2027. Le Blues du tueur à gages, *Lawrence Block*
P2028. Le Chant de la mission, *John le Carré*
P2029. L'Ombre de l'oiseau-lyre, *Andres Ibañez*
P2030. Les Arnaqueurs aussi, *Laurent Chalumeau*
P2031. Hello Goodbye, *Moshé Gaash*
P2032. Le Sable et l'Écume et autres poèmes, *Khalil Gibran*
P2033. La Rose et autres poèmes, *William Butler Yeats*
P2034. La Méridienne, *Denis Guedj*